시의 언어로 지은 집

일러두기

1. 개인 시집이나 전집을 원본으로 삼았습니다.
2. 맞춤법과 띄어쓰기는 현행 표기법을 따르되 시인의 독특한 어법이나
   사투리는 살렸습니다.
3. 한자는 모두 한글로 바꾸고 꼭 필요한 경우에만 괄호 안에 넣었습니다.
4. 시 인용에서 '/(빗금)'은 행의 바뀜을 나타냅니다.
5. 본문에서 사용한 '화자'라는 개념은 '시에서 말하는 사람'을 뜻합니다.

시의

언어로

지은
집

허 서 진 지음

그래
도봄

★

●

　저는 고등학교에서 국어를 가르치는 교사이자 일곱 살과 다섯 살 두 아이의 엄마입니다. 학교에서 학생들과 오랜 시간을 함께하다 보니 그들이 느끼는 어려움에 유난히 민감하고 관심이 많은 편이에요. 보통 학생들이 겪는 어려움이라면 학업 문제를 많이 떠올리겠지만, 비단 학업만은 아닙니다. 친구 관계로 힘들어하는 학생들도 많고, 자신의 감정을 살피지 못해 마음이 아픈 학생들도 많아요. 나쁜 언어 표현에 익숙해져 자기도 모르게 거침없이 욕설을 퍼붓는 학생들도 많고, 자기가 좋아하는 일과 잘하는 일을 찾지 못해 진로 선택 문제로 괴로워하는 학생들도 많지요. 그러다 보니 제가 두 아이를 키우면서 중점을 두는 건 공부나 학업이 아닙니다. 엄마로서 보다 본질적인 것을 잘 가르치고 싶어요.

저는 아이들이 자기를 잘 표현하고, 타인의 표현을 잘 이해하는 사람으로 자랐으면 좋겠습니다. 자기를 잘 표현한다는 것은 자기 생각이나 감정을 잘 들여다보고 정확하게 표현한다는 뜻입니다. 타인의 표현을 잘 이해한다는 것은 나와 다른 대상의 상황이나 감정에 공감하고 적절히 반응한다는 것이고요. 이 소망이 제가 아이들의 '표현력'을 키우는 일에 애정을 쏟게 된 이유입니다.

표현력에 관심을 두면서 시의 언어를 두루 살폈습니다. 국어 교사의 눈에는 보이지 않던 시의 언어가 엄마의 눈에는 보이기 시작했어요. 시의 언어에는 무궁무진한 표현력의 씨앗이 숨어 있었습니다. 아름다운 언어 표현뿐만 아니라 시의 언어에 담긴 좋은 말과 바른 행동 표현, 여러 가지 감정과 타인에 대한 공감 표현 모두 표현력의 씨앗이었어요. 이 씨앗을 아이의 '말밭'과 '마음밭'에 뿌리고 싹 트는 과정을 기록으로 남기고 싶었습니다.

제1부에서는 '언어 표현력'에 대해 이야기합니다. 아이들이 자기 생각이나 감정을 잘 표현하려면 언어를 풍부하게 활용할 줄 알아야 하는데요. 시의 언어에서 비유, 의인이 가진 힘을 찾아보았습니다. 우리말 품사 중 부사와 조사의 활용이 얼마나 중요한지에 관한 이야기도 나누어봅니다. 최근 이슈이기도 한 문해력과 관련하여 어휘력에 대한 생각도 시의 언어를 통해 다루어보았습니다. 즉, 어떻게 하면 말을 잘하고 잘 듣게 되는지 짚어보았어요.

제2부의 주제는 '감정 표현력'입니다. 감정을 잘 다루는 것이 중요하다는 말은 이제 식상할 정도입니다. 저 역시 감정에 솔직하지 못한 순간이 많다 보니, 어떻게 하면 '나의 감정'을 '나의 소유'로 잘 다룰 수 있을까에 대한 고민이 많아지더라고요. 시의 언어를 빌려 슬픔, 동정, 행복, 사랑, 화, 부끄러움 등의 감정을 느끼고 표현하는 방법을 생각해보았습니다. 정답은 아니더라도 나름의 해답

이 되기를 바라는 마음으로요. 그러다 보면 자연스럽게 자기 감정과 타인의 감정을 잘 이해하게 될 테니까요.

제3부에서는 '말과 행동 표현력'에 대해 이야기합니다. 저는 아이들의 말과 행동이 옳은 방향으로 표현되기를 바랍니다. 말과 행동으로 타인에게 상처를 입히지 않고, 궁극적으로는 자기 자신도 해치지 않기를 바라요. 아이와 함께 나눈 대화, 좋은 말을 하기 위해 노력했던 순간들, 실수를 받아들이는 자세, 책임에 대한 생각 등을 다루었습니다.

제4부에서는 '공감 표현력'을 주제로 이야기를 풀어갑니다. 공감이라는 단어가 사회 전반의 주요 키워드가 된 지 꽤 오래된 것 같습니다만, 어찌 된 일인지 최근에는 공감의 부재가 심각한 사회 문제를 일으키는 지경에 이른 것 같아요. 해가 갈수록 공감은 약해지고 그 자리를 혐오가 대신한다는 느낌을 지우기 어렵습니다. 특히나 '나'와 다른 범주에 속한 대상에게 너무나 쉽게 혐오의 정서를 표현하는 것 같아요. 시의 언어를 통해 나와 다른 대상을 바라보는 시선에 관해 이야기해보았습니다.

마지막 제5부는 앞선 파트와 조금 다르게 '엄마의 마음을 돌보는 시'를 놓아드렸어요. 부모 수업이라는 거창한 제목을 붙였지만 저 또한 초보 엄마이기에 누군가를 가르칠 형편은 전혀 아닙니다. 다만 엄마로서 제가 품고 있는 가치와 일치하는 시들을 소개하는 마음으로 글을 썼습니다. 엄마가 되어 마음이 무너지는 순간마다, 갈림길에 선 순간마다 저를 위로하고 일으켰던 시들을 담았어요. 독자분들에게 위로와 응원이 전해지면 좋겠습니다.

여전히 저는 여러 방면에서 부족하고 미숙한 엄마입니다. 그래도 아이의 말밭과 마음밭에 표현력의 씨앗을 뿌리는 일만큼은 성실히 하려고 노력합니다. 이 씨앗이 훗날 어떤 꽃을 피워내고 어떤 열매를 맺을지는 저도 알 수 없어요. 그래서 가끔 아니 자주 두렵기도 하지만 오늘도 성실히 아이들의 말밭과 마음밭에 씨를 뿌리고 물을 줍니다. 그게 오늘 제가 엄마로서 할 수 있는 최선이라고 믿으면서요.

책을 완성하기까지 수많은 어려움이 있었지만, 언제나 두려움을 극복하고 나아갈 수 있도록 지지해주신 그래도봄 대표님에게 감사함을 전합니다. 무사히 책을 완성할 수 있도록 두 아이의 주말 육아를 오롯이 책임져 준 남편에게 진심으로 고맙고 사랑한다는 말을 하고 싶어요. 마지막으로 이 책의 실질적인 주인공이자 제 삶의 가장 반짝이는 별, 사랑이와 봄이에게 깊고 진한 사랑을 보냅니다.

허서진

책을 펴내며 4

제1부 **진심을 꾹꾹 눌러 담아 말하려면** 언어 표현력

- 모호한 감각을 정확하게 전달하는 비유적 표현 18
  정지용, 〈유리창 1〉
- 모든 사물에 생명을 불어넣는 의인의 마법 24
  복효근, 〈토란잎에 궁그는 물방울같이는〉
- 다채로운 부사를 써서 진심을 전해요 31
  김용택, 〈참 좋은 당신〉
- 불필요하지만, 가장 의미 있는 부사어로 대화해요 38
  박상천, 〈통사론〉
- 조사를 잘 쓰면 의미가 살아나요 46
  정끝별, 〈은는이가〉
- 흉내 내는 말로 일상의 재미를 표현해요 53
  피천득, 〈아가의 오는 길〉
- 어휘력을 키워 말 그릇을 넓혀요 1_한자어 편 60
  유치환, 〈깃발〉
- 어휘력을 키워 말 그릇을 넓혀요 2_순우리말 편 69
  김영랑, 〈돌담에 속삭이는 햇발〉

제2부 감정에도 여러 가지 색깔이 있어요 감정 표현력

- 슬픔은 부정적인 감정일까요? 78
  김선우, 〈눈물의 연금술〉
- 동정은 공감의 또 다른 표현 85
  백석, 〈수라〉
- 일상의 행복을 말해요 92
  괴테, 〈충고〉
- 부모의 사랑으로 자라는 아이 99
  안도현, 〈스며드는 것〉
- 사랑은 결국 표현해야 사랑이에요 107
  유용선, 〈그렇게 물으시니〉
- 건강하게 화를 다스리는 방법 115
  김수영, 〈어느 날 고궁을 나오면서〉
- 제대로 부끄러워할 줄 아는 어른으로 124
  윤동주, 〈참회록〉

제3부 **짜증 괴물을 물리치는 참 좋은 말** 말·행동 표현력

- 아이의 눈높이에서 대화해요 134

  이상국, 〈달이 자꾸 따라와요〉

- '참 좋은 말'을 합니다 142

  천양희, 〈참 좋은 말〉

- 미안해, 관계를 지키는 말이에요 150

  오은, 〈많이 들어도 좋은 말〉

- 위험한 장난은 하지 않도록 잘 일러주세요 158

  박성우, 〈삼학년〉

- "엄마, 내 마음에 짜증 괴물이 왔어요" 166

  도종환, 〈깊은 물〉

- 실수도 아름다울 수 있어요 174

  정현종, 〈떨어져도 튀는 공처럼〉

- 책임을 넘겨주는 연습 182

  황지우, 〈겨울-나무로부터 봄-나무에로〉

제4부 **공감에도 연습이 필요해요** 공감 표현력

• 아이들은 모두 꼬마 탐험가! 192

　정희성,〈민지의 꽃〉

• 자연은 내 것이 아닌 모두의 것이에요 201

　권정생,〈밭 한 뙈기〉

• 저마다 다른 감각으로 세상을 느껴요 209

　정호승,〈시각장애인 식물원〉

• 차이가 차별이 되지 않도록 217

　안상학,〈푸른 물방울〉

• 가난은 불행과 동의어가 아니에요 224

　김영승,〈반성 100〉

• 희생당하는 동물들의 삶은 정당하지 않아요 232

　공광규,〈염소 브라자〉

• 아이와 죽음을 이야기한다는 것 240

　복효근,〈버팀목에 대하여〉

제5부 **엄마의 마음을 돌보는 시** 부모 수업

• 누구에게나 저마다의 때가 있어요 250
  나희덕, 〈귀뚜라미〉
• 너와 나의 물리적 거리는 멀어지더라도 258
  칼릴 지브란, 〈아이들에 대하여〉
• "너는 어떤 배경을 그려가고 싶니?" 267
  문태준, 〈누구에게라도 미리 묻지 않는다면〉
• "네가 나의 슬픔이라 기쁘다, 나는" 274
  윌리엄 블레이크, 〈아기 기쁨이〉
• 좋은 친구가 되어, 좋은 친구를 만나길 280
  김사인, 〈조용한 일〉
• 부모이기 이전에 부부라는 사실 287
  함민복, 〈부부〉
• 아이를 사랑하는 만큼 스스로를 사랑해요 294
  이정하, 〈우린, 저마다의 별빛으로 빛난다〉

시 출처 301

제 1 부

진심을 꾹꾹 눌러 담아 말하려면

언어 표현력

모호한 감각을
정확하게 전달하는
비유적 표현

정지용
〈유리창 1〉

아이와 한바탕 전쟁을 치른 밤이었습니다. 도무지 이해할 수 없는 상황에서 화내기를 멈추지 않던 아이에게 끝내 더 큰소리를 지르고야 만 날이었어요. 아이 입장에서는 자기가 화를 냈었다는 기억은 온데간데없이 사라지고 큰소리를 내는 엄마를 향한 두려움만 남았던 밤이었지요. 물기 어린 눈으로 자리에 누운 아이는 한참을 훌쩍거리더니 울음 한 움큼을 얹어 이렇게 말했습니다.

"엄마, 내 마음에 먼지가 쌓인 기분이야. 답답해."

이전까지 씩씩거리며 아이 곁에 누워 누그러지지 않은 화를 온몸으로 표현하고 있던 저는 보이지 않는 손에 얻어맞은 기분이었습니다. 아이가 그냥 "답답해"라고 말했다면 달랐을까요. 그랬을 것 같습니다. '마음에 먼지가 쌓인 기분'이라는 말을 듣는 순간, 내가 지금 무슨 짓을 저지른 건지 정신이 번쩍 들더군요.

　비유적 표현은 '돌려 말하기'입니다. 직설적으로 감정이나 생각을 내뱉지 않고 다른 대상에 빗대어 나타내는 것이죠. '기분이 좋다'와 '하늘을 나는 기분이다' 중 감정이 더 명확하게 드러나는 표현은 '기분이 좋다'입니다. 더하거나 덜할 것 없이 듣는 이로 하여금 '아, 저 사람 기분이 좋구나'를 알게 하니까요. '하늘을 나는 기분이다'는 좀 다릅니다. 이미 익숙한 비유라 직관적으로 '기분이 좋다'는 감정을 떠올릴 수 있지만 직설적인 표현은 아니에요. 비유적 표현에는 직설적 표현에 미처 담기지 못한 여러 감정이 담기게 됩니다. 구구절절 설명하지 않아도요. '하늘을 나는 기분'이라는 표현을 떠올려봐도 그래요. 가볍고, 가뿐하고, 산뜻하고, 상쾌하고, 즐겁고, 신나고, 밝고, 경쾌하고…… 다채로운 감정들이 동시에 느껴집니다.

　돌려 말하는 과정에서 그 경계에 있는 여러 감정이 풍부하게 살아나기 때문입니다. 여기에 비유의 참맛이 있어요. 여러 감정이 동시에 느껴진다고 해서 모호해지는 게 아니에요. 오히려 다양하게 뒤섞인 감정들이 더 적확하게 전해집니다.

아이가 울먹이며 '마음에 먼지가 쌓였다'고 말했을 때 저는 절망을 보았습니다. 뿌연 안개 속에 갇힌 작은 등을 보았고, 뽀얗게 내려앉은 먼지 속에서 켁켁 기침하는 작은 마음을 보았어요. 더 이상 적확한 표현이 없다고 생각했을 만큼 분명한 감정 전달이었습니다.

> 유리에 차고 슬픈 것이 어른거린다.
> 열없이* 붙어 서서 입김을 흐리우니
> 길들은 양 언 날개를 파닥거린다.
> 지우고 보고 지우고 보아도
> 새까만 밤이 밀려 나가고 밀려와 부딪히고,
> 물 먹은 별이, 반짝, 보석처럼 박힌다.
> 밤에 홀로 유리를 닦는 것은
> 외로운 황홀한 심사이어니,
> 고운 폐혈관이 찢어진 채로
> 아아, 너는 산새처럼 날아갔구나!
> _ 정지용, 〈유리창 1〉

* 어색하고 겸연쩍게

〈유리창 1〉은 시인이 아이를 잃고 쓴 시입니다. 감수성이 풍부했던 학창 시절에 읽었을 때도 마음이 참 아렸는데, 엄마가 된 이후에는 한 호흡에 읽어내기 어려울 만큼 가슴이 먹먹한 시예요.

창작 배경을 알고 나면 첫 행에 등장하는 '차고 슬픈 것'이 무엇을 비유한 표현인지 쉽게 짐작할 수 있습니다. 잃은 아이의 형상이겠지요. 시적 상황을 상상해봅니다. 아이를 잃은 화자가 유리창 앞에 서 있습니다. 화자의 날숨에 유리창에는 입김이 번져요. 그 형상에서 화자는 죽은 아이의 모습을 봅니다. 입김으로 잠시 떠올랐던 형상은 마치 한 마리의 새가 날개를 파닥거리며 날아가듯 금세 사라져버립니다. 화자는 그리운 마음에 자꾸만 입김을 불어 아이의 모습을 보려 해요.

6행의 '물 먹은 별'은 화자의 눈물을 머금은 별을 뜻합니다. 아이의 죽음을 고려할 때 '별'은 죽은 아이의 비유적 표현이라고 할 수 있어요. 돌아올 수 없는 곳으로 떠난 아이는 이제 화자의 눈물을 머금은 채 닿을 수 없는 곳에 있습니다.

아이를 잃은 슬픔을 감히 짐작이나 할 수 있을까요. 그저 슬프다, 아프다, 보고 싶다 등의 일상적 어휘로는 도무지 표현할 수 없는 슬픔일 겁니다. 〈유리창 1〉에서는 직설적으로 아이를 잃어서 슬프다는 표현이 한 번도 등장하지 않아요. 그런데도 거대한 깊이의 슬픔이 고스란히 느껴집니다. 아이를 비유한 '차고 슬픈 것, 길들은 양 언 날개를 파닥거린다, 물 먹은 별, 보석, 산새' 등에서 절망적 슬픔과 아이를 향한 그리움이 온전히 전해진 덕분이에요.

그 밤, 몸의 방향을 바꾸어 마음에 먼지가 쌓였다는 아이를 가만히 안았습니다. 들썩이는 어깨를 도닥이며 아이의 울음이 잦아지기를 기다렸습니다.
"어떻게 하면 마음의 먼지를 털 수 있을 것 같아?"
"사랑한다고 말해야 해."
망설임 없는 아이의 답에, 이번에는 제가 아이처럼 엉엉 울었어요. 아이는 제게 "엄마, 사랑해"라고 말했습니다. 눈치도 없이 멈출 줄 모르는 눈물을 겨우 진정하고 아이의 눈을 바라보았습니다. 눈물 방울방울에 사랑을 대롱대롱 매달아 아이에게 돌려주었어요.
"엄마도 사랑해. 하늘만큼 땅만큼, 아니 우주만큼 사랑해."

모든 사물에
생명을 불어넣는
의인의 마법

복효근
〈토란잎에 궁그는 물방울같이는〉

"엄마, 그런데 해님은 왜 낮잠을 안 자?"

"응? 엄마는 한 번도 생각해본 적이 없는 질문인데?"

"아니, 우리는 낮잠 자야 되잖아. 근데 왜 해님은 하루 종일 일하는데 낮잠을 안 자?"

아이가 네 살 때였어요. 낮잠 자기 싫다는 아이와 그래도 자야 한다는 저 사이에 한참 동안 실랑이가 이어지던 날이었습니다. 잠투정을 하면서도 잠들지 않으려는 아이한테 하도 시달려서, 좀 더 버텼다가는 기어이 큰소리를 낼 것 같은 날이었어요. 아이의 해맑은 질문 하나에 그만 웃고 말았습니다. '얼마나 낮잠이 자기 싫었으면 이런 참신한 질문을 하는 걸까, 이렇게 눈을 동그랗게 뜨고!' 싶은 마음에 "오늘은 낮잠 자지 말자!" 포기 선언을 해버렸습니다.

아이에게는 모든 사물이 살아 있는 생명체입니다. 애

착이 있는 물건이 아니더라도 그렇습니다. 이불도, 인형도, 식탁도, 나무도, 꽃도, 해도, 달도, 강도 아이의 마음을 거치면 모두 살아 있는 존재가 돼요.

"달님은 밤에 혼자 하늘에 떠 있으니 무섭겠다."
"저 별 두 개는 친군가 봐! 옆에 딱 붙어 있네!"
"(나무줄기에 찍힌 자국을 보고) 여기 나무 다쳤네. 아프겠다. 나무야, 호오."
"개미가 친구랑 같이 먹으려고 간식 가지고 간다!"
"(식탁에 머리를 부딪히고는) 너(식탁) 때문에 내가 아팠잖아!"

사람이 아닌 것을 사람처럼 표현하는 표현법을 '의인법'이라고 합니다. 사람처럼 표현한다는 것은 감정과 감각이 없는 대상을 감정을 느끼고 감각이 있는 존재로 나타낸다는 뜻이에요. 의인법은 시에서 아주 빈번하게 활용되는 표현법입니다.

그걸 내 마음이라 부르면 안 되나
토란잎이 간지럽다고 흔들어대면
궁글궁글 투명한 리듬을 빚어내는 물방울의 그 둥근

표정

토란잎이 잠자면 그 배꼽 위에

하늘 빛깔로 함께 자고선

토란잎이 물방울을 털어내기도 전에

먼저 알고 흔적 없어지는 그 자취를

그 마음을 사랑이라 부르면 안 되나

_ 복효근, 〈토란잎에 궁그는 물방울같이는〉

〈토란잎에 궁그는 물방울같이는〉은 참 귀여운 시입니다. 제목에 쓰인 '궁그는'은 '구르다'의 방언이에요. 토란잎은 연잎처럼 잎이 아주 큰 식물입니다. 화자는 토란잎에 또르르 구르는 물방울을 "내 마음이라 부르"고 싶어해요. 토란잎에 물방울이 구를 때, 토란잎이 간지러워하면 물방울은 둥근 표정을 짓습니다. 둥근 표정은 아마 웃는 표정이거나 행복한 표정이겠지요. 토란잎이 잠자면 물방울은 조용히 함께 잠이 듭니다. 그러다 토란잎이 물방울을 애써 털어내기도 전에 흔적도 없이 사라져버려요. 물방울의 모습에서 화자는 '사랑'을 봅니다. 함께 웃고, 함께 잠이 들고, 상대가 불편하기 전에 먼저 떠나주는 것까지. '토란잎에 궁그는 물방울'의 모습이 사랑의 모습과 꼭 닮았다고 보았어요.

　시에서는 토란잎과 물방울을 모두 의인화하고 있어요. 사람이 아닌 대상에게 사람의 감정과 감각을 부여하고 있지요. 이로써 두 가지 효과를 얻을 수 있습니다. 우선 진부한 사랑의 정의가 새롭고 낯설게 읽혀요. '사랑은 함께 웃는 거야'보다 "토란잎이 간지럽다고 흔들어대면/ 궁글궁글 투명한 리듬을 빚어내는 물방울의 그 둥근 표정"이라는 표현이 참신하다는 것은 누구나 느낄 수 있는 사실입니다. 두 번째로, 대상을 바라보는 새로운 시선도 얻습니다. 이 시를 읽은 분이라면 나뭇잎에 맺혀 있는 물방울을 함부로 툭, 털어버릴 수 있을까요? 아마 한동안은 쉽지 않을 거예요. 토란잎과 물방울에 인격이 부여되는 순간, 우리는 둘을 '그것'이 아닌 '그들'로 인식하는 마법에 빠지거든요.

　"오빠! 우리 어제 얘 안 데리고 잤다! 어떡하지?"
　둘째의 다급한 부름에 안방에 있던 첫째가 거실로 달려 나왔습니다. 둘째는 미간을 잔뜩 찡그린 채 거의 울기 직전의 표정으로 인형 하나를 안고 있었습니다. 아이들이 좋아하는 만화 캐릭터 인형들 중 하나였어요. 낮에는 거실 책장에 일렬로 세워놓고 놀다가 잘 때가 되면 머리맡에 놓고 자는 인형들입니다. 전날 밤에 급하게 잠자리를 정리하면서 하나를 빠뜨린 모양이었어요. 첫째까지 사색이 되어서는 그 인형을 마치 막냇동생 대하듯 소중히 끌어안더라고요. 그 모습이 귀엽기도 하고 신기하기도 해서 가만히 지켜보고 있는데, 대뜸 첫째 아이가 인형에게 사과를 했어요.

"미안해. 어제 무서웠지?"

첫째의 말에 둘째도 덩달아 어찌나 진지하게 사과를 하는지요. 웃으면 안 되는데 웃음이 터져버렸습니다.

"엄마! 왜 웃어? 지금, 얘가 무서웠다고. 어떡해."

"아, 미안해. 엄마가 너희들이 너무 귀여워서. 아니다. 엄마가 미안해!"

"오늘부터는 절대로 안 잊어버려야지."

"그래, 인형이 몇 갠지 세어놓고, 자기 전에 다 데리고 왔는지 살펴보고 자자."

"엄마, 열두 개야. 엄마가 기억해."

"알았어!"

'그만큼 소중한 거면 너희들이 기억해야지'라는 마음이 안 들었다면 거짓말입니다. 그래도 아이들이 인형을 동생처럼 대하는 마음이 하도 예뻐서 저도 진지하게 약속하고 넘어갔네요. 어쩐 일인지 그 일이 있고 나니 인형들이 그냥 인형처럼 보이지 않습니다. 이전까지는 잘 땐 머리맡으로, 놀 때는 거실로 열 개가 넘는 인형을 옮기는 아이들의 행동이 이해되지 않았어요. 자려고 누웠다가도 "아! 맞다. 인형!" 하며 불을 켜고 인형을 가져오는 아이들에게 짜증을 낸 적도 있었습니다. 잠자는 시간을 늦추려는 핑곗거리라 생각했거든요. 인형이 뭐라고, 번거롭고 수고로운 일을 마다하지 않는 아이들이 신기하기도 했습니다. 이제는 조금 이해할 수 있을 것 같아요. 아이들에게 인형은 공장에서 만들어낸 '상품'이 아니라 소중하고 귀한 '친구이자 동생' 같은 존재라는 것을요.

아이들이 등원하고 없는 지금, 열두 개의 인형들은 거실 책장에서 저를 내려다보고 있습니다. 등원 준비로 바빴던 아이들이 급하게 세워놓은 탓인지 한 녀석이 코를 박고 고꾸라져 있네요. 어쩐지 저 녀석을 바로 세워줘야만 할 것 같은 마음이 듭니다. 아이들이 걸어준 '의인'의 마법에 저도 빠졌나 봐요.

다채로운
부사를 써서
진심을 전해요

김용택
〈참 좋은 당신〉

학교에서 만나는 10대들의 대화를 듣다 보면 자주 등장하는 접두사가 하나 있어요. 바로 '개-'입니다. 정식 접두사로 인정된 것은 아니나 청소년들은 '개-'를 활용한 신조어를 아주 많이 만들어 쓰고 있어요. '개멋있다, 개재밌다, 개잘생겼다, 개꿀이다, 개극혐, 개꿀잼' 등등. 사실 이제는 청소년들만의 문화라고 하기도 어렵습니다. 각종 매체에서도 심심찮게 볼 수 있으니까요. '개-'는 주로 형용사 앞에 붙어서 부사 '아주, 정말, 너무' 등의 역할을 대신하는데요. '개-'의 쓰임이 확대되면서 어느새 부사가 설 자리는 사라지고 있어요.

부사는 뒤에 오는 말의 의미를 수식하고 한정하는 역할을 해요. '너무, 정말, 진짜, 참, 매우, 아주, 썩, 무척, 심히, 더없이' 등이 부사입니다. 어쩌자고 이토록 다양한 부사가 많이 사라지고, 비속어의 느낌을 지울 수 없는 '개-'를 쓰는지 안타까움을 금할 길이 없습니다.

부사를 풍부하게 사용한다는 것은 감정이나 생각, 행동을 분명하게 표현한다는 뜻입니다. '너무 좋다'와 '참 좋다', '더없이 좋다' 사이에는 미묘한 뉘앙스의 차이가 있는데, 말로 다 설명하기 어려운 뉘앙스의 차이를 표현할 수 있는 것이 부사의 힘이에요.

저는 부사 '참'을 참 좋아합니다. '정말, 매우, 아주' 등과 유사한 의미를 지닌 부사인데, 어쩐지 '참'이라는 표현 앞에서는 속수무책으로 마음이 흔들립니다. 참, 하고 말할 때 두 입술이 꼭 오므려지는 것이 뒤에 이어질 형용사를 꼭 붙들어주는 듯하거든요.

어느 봄날
당신의 사랑으로
응달지던 내 뒤란에
햇빛이 들이치는 기쁨을
나는 보았습니다
어둠 속에서 사랑의 불가로
나를 가만히 불러내신 당신은

어둠을 건너온 자만이

만들 수 있는

밝고 환한 빛으로

내 앞에 서서

들꽃처럼 깨끗하게

웃었지요

아,

생각만 해도

참

좋은

당신

_ 김용택, 〈참 좋은 당신〉

〈참 좋은 당신〉은 '참'에 대한 애정 덕분에 단번에 좋아하게 된 시입니다. 응달지던 화자의 뒤란에 사랑을 채워준 당신. 어둠을 건너왔다는 것으로 볼 때 당신 또한 삶의 어려움을 겪어왔겠지요. 어려운 시간을 견뎌낸 자만이 만들 수 있는 희망과 기쁨의 빛으로 내 앞에서 환하게 웃어주는 당신. 그런 당신은 "참/좋은/당신"이라는 한 마디로 귀결됩니다. 이 시의 시행 배치에는 독특한 지점이 있어요. 시인은 의도적으로 '참'이라는 한 글자에 한 행을 모두 내어주었습니다. 한 행에 '참' 한 글자만 배치해 마치 당신을 향한 마음에 거짓은 조금도 없음을 보여주는 것 같아요. 만약에 이 시에서 '참'이 빠지면 어떨까요. '아, 생각만 해도 좋은 당신'이라는 표현은 어딘지 부족한 느낌입니다. '정말 좋은 당신, 아주 좋은 당신, 너무 좋은 당신'도 왠지 아쉬워요. '참' 하고 입을 꼭 다물었다가 '좋은' 하고 입술을 동그랗게 오므릴 때 그 발음에까지 사랑이 담뿍 담긴 느낌입니다.

부사는 의미를 전달하는 데 꼭 필요한 요소는 아닙니다. 없어도 의미 자체에는 큰 문제가 생기지 않아요. 그러나 부사가 빠진 문장은 앙꼬(앙금) 없는 찐빵 같습니다. 밍밍해요. 감정의 깊이를 느낄 수 없고, 상황의 절박함을 알 수 없지요.

돌이켜보면 저도 10대 때에는 부사의 기근을 겪었던 것 같습니다. 그때는 그 문화 속에 있었으니 당연한 일이었는지도 모르겠어요. 그때 잃은 부사를 되찾기까지 참 오랜 시간이 걸렸습니다. 아이와의 대화에서 의식적으로 좀 더 다양한 부사를 쓰려고 애쓰다 보니 잊고 살던 것들이 살아났을까요. 어쩌면 아이를 키우는 동안 감정과 생각의 소용돌이가 워낙 다채롭다 보니 자연스럽게 되살아났을 수도 있어요. '그냥' 힘든 게 아니라 '너무' 힘들고, '정말' 힘들어서요. 그럼에도 '더없이' 행복해서 '참' 귀한 날들이라서요.

　첫째 아이와 둘이서 데이트를 한 날이었습니다. 오랜만에 엄마와 둘만의 시간을 보내게 된 첫째는 사소한 일에도 까르르 웃음을 터트렸어요. 늘 두 아이를 동시에 바라보느라 한 아이에게 온전히 시선을 내어주지 못하던 사이, 첫째는 아기에서 어린이로 자랐더군요. 꼭 쥐면 바스러질 것 같던 작은 손이 제법 단단해져 있었어요. 아이와 둘이서 공원을 걷고, 나뭇잎을 빻아 소꿉놀이를 하고, 그네를 밀어주고, 시소를 타고, 아이스크림을 하나씩 사 먹었습니다. 참으로 평범하지만 더없이 특별한 날이었어요.
　집으로 돌아와 아이와 홀랑 벗고 같이 목욕을 했습니다. 보드레한 아이의 몸에 비누칠을 하는데 아이가 제 눈을 똑바로 쳐다보며 말했어요.
　"엄마, 오늘은 특별한 날이었어."
　"그래, 엄마도 오늘은 정말 특별한 날이었어."

"엄마랑 둘이서 노니까 너무너무 좋았어."

"엄마도 오랜만에 사랑이랑 둘이서 시간을 보내니까 정말 행복했어. 햇살도 참 좋았고, 놀이터도 진짜 신났고, 아이스크림도 엄청 맛있었고."

"엄마, 우리 다음에 또 놀자. 엄청 신나게. 진짜 재밌을 거야!"

아이의 말에 담긴 진심이 부사를 통해 전해졌습니다. 그저 그런 날이 아니라 '정말' '너무' '엄청' '참' 신나고 특별했던 하루. 그런 날을 더 많이 만들어가자고 약속했어요. 새끼손가락 걸고 '꼭꼭' 하고요.

불필요하지만,
가장 의미 있는 부사어로
대화해요

박상천
〈통사론〉

이왕 부사 이야기를 한 김에 '부사어'로 이야기를 확장해볼까요. 부사라는 용어는 단어를 분류할 때 쓰는 표현이고, 부사어는 문장을 구성할 때 쓰는 표현입니다. 즉 '참, 너무, 정말, 무척, 엄청, 진짜' 등은 단어의 성격 자체가 뒤에 오는 말의 의미를 한정하거나 수식하므로 사전에 이미 부사로 지정되어 있어요. 그러나 문장 속에서 서술어의 의미를 한정하거나 수식하는 말은 꼭 '부사'가 아니어도 가능합니다. 예를 들어볼게요.

나는 바다가 정말 좋아.
나는 바다가 예뻐서 좋아.
나는 바다가 산보다 좋아.

앞의 문장들에서 '좋아'라는 서술어 앞에 쓰인 '정말' '예뻐서' '산보다'는 모두 부사어입니다. 셋 다 '좋아'라는 말의 의미를 수식하고 있으니까요. 좋긴 좋은데 정말 좋고, 예뻐서 좋고, 산보다 더 좋아요. 이 셋 중에서 사전에 부사로 등재된 단어는 '정말'뿐입니다. '예뻐서'는 '예쁘다'라는 형용사가 '-서'라는 어미를 만나서, '산보다'는 '산'이라는 명사가 '보다'라는 조사를 만나서 부사어로 쓰인 겁니다. 이들은 모두 문장 구성상 꼭 필요한 말은 아닙니다. '나는 바다가 좋아'만으로도 문장은 성립하니까요. 문법적으로만 보면 부사어는 있어도 그만, 없어도 그만입니다.

그런데 정말로 그런가요? 우리가 더 궁금한 것은 바다가 '얼마만큼' 좋은지, '왜' 좋은지, '어떻게' 좋은지 같은 것들이 아닌가요? 그런 말들이 상대와의 대화를 더 깊이 있게 만들고 상대에 대해 더 많이 알게 하지 않나요?

> 주어와 서술어만 있으면 문장은 성립되지만
> 그것은 위기와 절정이 빠져버린 플롯 같다.
> '그는 우두커니 그녀를 바라보았다'라는 문장에서
> 부사어 '우두커니'와 목적어 '그녀를' 제외해버려도

'그는 바라보았다'는 문장은 이루어진다.

그러나 우리 삶에서 '그는 바라보았다'는 행위가

뭐 그리 중요한가

우리 삶에서 중요한 것은

주어나 서술어가 아니라

차라리 부사어가 아닐까

주어와 서술어만으로 이루어진 문장에는

눈물도 보이지 않고

가슴 설레임도 없고

한바탕 웃음도 없고

고뇌도 없다.

우리 삶은 그처럼

결말만 있는 플롯은 아니지 않은가.

'그는 힘없이 밥을 먹었다'에서

중요한 것은 그가 밥을 먹은 사실이 아니라

'힘없이' 먹었다는 것이다.

역사는 주어와 서술어만으로도 이루어지지만

시는 부사어를 사랑한다.

_ 박상천, 〈통사론〉

〈통사론〉이라는 시를 처음 만났던 날, 정말 무릎을 탁! 쳤어요. 역사가 아닌 시를 사랑할 수밖에 없는 이유를 이 시 한 편에서 모두 설명해주니까요. "'그는 힘없이 밥을 먹었다'에서/중요한 것은 그가 밥을 먹은 사실이 아니라/'힘없이' 먹었다는 것이다"에 공감하시나요? '힘없이' 자리에 '맛있게' '기쁘게'를 넣어보면 문장의 분위기와 의미가 완전히 달라집니다. 시의 표현처럼 부사어가 빠진 문장은 "눈물도 보이지 않고/가슴 설레임도 없고/한바탕 웃음도 없고/고뇌도 없"습니다.

역사는 누가 무엇을 어찌했느냐에 관심을 두지만 시는 누가 어떤 마음이었는지에 마음을 쏟습니다. 문장 성분으로 보면 부사어처럼 중요하지 않다고 평가받는 것들을 사랑합니다. 어쩌면 그게 더 중요할지도 모르니까요. '먹었다'는 행위 그 자체보다 어떻게 먹었는지, 어떤 마음으로 먹었는지를 살피는 것이지요.

시와 마찬가지로 아이와의 대화에서도 더 중요한 것이 있습니다. 아이의 표현력을 기른다는 것은 행위를 나열하도록 하는 게 아닙니다. 그 행위에 어떤 마음이 숨어 있는지, 어떤 감정이 깃들어 있는지 어려움 없이 말할 수 있도록 하는 거예요. 밥을 먹었다는 행위를 전달하기보다 어떤 밥을 누구와 어떤 마음으로 먹었는지 늘어놓는 것, 놀았다는 행위를 전달하기보다 어떤 친구와 어떤 놀이를 했으며 그때의 마음은 어떠했는지 털어놓는 것이 바로 표현력이 뛰어난 아이들의 말하기 방식입니다.

가끔 학부모님들과 이야기를 나누다 보면 꽤 많은 부모님이 그런 말을 하세요. "선생님, 아이가 집에서는 통 말을 하지 않아요"라고요. 여러 이유가 있겠지만 아마 언젠가부터 '필요에 의한 대화'만 나눈 것은 아니었을까 짐작해봅니다.

"숙제했니?"

"했어."

"저녁은 먹었어?"

"먹었어."

"준비물은 챙겼어?"

"챙겼어."

꼭 필요한 단어로만 이루어진 대화를 상상하면 어쩐지 숨이 탁 막혀옵니다. 안타까워서요. 학교에서 만나는 학생 중 상당수가 생각보다 자기 얘기하기를 좋아합니다. 있는 그대로 들어주고, 마음을 나눌 수만 있다면 말할 준비가 된 학생들이 꽤 많아요.

아직 저의 아이들은 다섯 살, 일곱 살로 한창 쫑알대는 나이입니다. 무슨 하고픈 말이 그렇게도 많은지 퇴근하고 돌아온 저를 놓아주질 않아요. 둘이서 서로 먼저 말하려고 싸우는 일도 다반사입니다. 종일 일을 하다 집에 오면 몸과 마음을 툭 내려놓고 좀 늘어지고 싶지만 억지로라도 몸을 일으킵니다. 아이들의 말에서 문법적으로는 필요 없는 말들을 쏙쏙 골라내어요. 어쩌면 가장 의미 있을 말들에 귀를 쫑긋 세웁니다.

"엄마, 오늘 유치원에서 맛없는 점심이 나와서 조금만 먹었어."

"맛이 없었어? 조금 먹었으면 배고팠겠네."

"아니, 아침에 밥 많이 먹고 가서 괜찮았어."

"아침밥이 든든했구나. 그럼 내일도 아침을 든든하게 먹을까?"

"아침 반찬은 맛있는 거 해줄 거야?"

"음……."

요리에는 재주가 없는데 어쩌나 망설이고 있자니 아이가 말합니다.

"엄마가 해주는 건 전부 맛있어. 싹 다!"

'전부' '싹 다' 이 불필요한 말들이 저를 웃게 해요. 아이의 사랑이 고스란히 전해집니다. 아이의 마음이 일렁이며 제게 와닿습니다.

아이의 문장에서 주어와 서술어를 제외하고도 많은 말이 살아남으면 좋겠어요. 적어도 "그래서 하고 싶은 말이 뭔데! 핵심만 말해!"를 외치는 엄마는 되지 않겠다고 다짐합니다. 아이의 말이 꼭 필요한 말(서술어)을 향해 나아가는 동안 어쩌면 불필요하지만 그래서 더욱 소중한 부사어들을 놓치지 않는 엄마가 되고 싶어요.

조사를
잘 쓰면
의미가 살아나요

정끝별
〈은는이가〉

우리말의 아주 큰 특징 중 하나가 '조사'의 사용입니다. 우리말은 단어 뒤에 조사를 붙여 문장에 필요한 다양한 성분을 만들어내요. (이때 쓰는 조사를 격조사라고 합니다. 자격을 부여해주는 조사라는 의미예요.) 사전 속에 있는 여러 단어는 조사를 만나 문장 속으로 들어옵니다. 그런 점에서 조사는 다른 단어에 생명력을 불어넣는 마법 가루 같아요.

조사에는 문장 성분을 만들어주는 것 외에 또 다른 능력이 있습니다. 앞말에 특별한 의미를 더해주는 거예요. (이런 조사를 보조사라고 합니다. 의미를 보충해주는 조사라는 의미예요.) '밥을 먹었다'라는 문장에서 조사 '을'은 앞의 단어 '밥'을 목적어로 만들어주는 목적격조사입니다. 이 문장을 '밥은 먹었다'로 바꾸면 어떻게 될까요? 조사 하나 바뀌었을 뿐인데 문장의 의미가 달라졌음이 느껴지시나요? '밥은 먹었다'라는 문장에는 앞 문장과 달리 '밥' 외에 다른 것(후식이나 음료 등)은 먹지 않았다는 의미가 담겨 있을 수도 있고, 밥을 먹기 힘든 상황이었지만 '그래도 밥은 먹었다'는 의미가 담겨 있을 수도 있어요. 이렇게 상황에 따라 여러 해석이 가능한 문장이 됩니다. '은'이 보조사이기 때문이죠. '밥만 먹었다, 밥도 먹었다, 밥까지 먹었다' 등 '밥' 뒤의 조사를 달리해보면, 조사의 쓰임에 따라 문장의 의미가 얼마나 다채로워지는지 확인할 수 있습니다.

정확한 조사 사용이 중요한 이유가 바로 여기에 있어요. 조사를 잘 사용하면 말하는 사람의 의도를 보다 정확하게 나타낼 수 있습니다. 하지만 조사는 명사나 동사와 같이 명확한 의미를 지닌 단어에 비해 대접을 못 받는 경우가 많아요. 조사가 단어라는 사실을 모르는 분들도 꽤 많습니다. 그런 분들을 위해 소개하고 싶은 시가 바로 정끝별의 〈은는이가〉입니다.

　　　당신은 당신 뒤에 '이(가)'를 붙이기 좋아하고
　　　나는 내 뒤에 '은(는)'을 붙이기 좋아한다

당신은 내'가' 하며 힘을 빼 한 발 물러서고
나는 나'는' 하며 힘을 넣어 한 발 앞선다

강'이' 하면서 강을 따라 출렁출렁 달려가고
강'은' 하면서 달려가는 강을 불러 세우듯
구름이나 바람에게도 그러하고
산'이' 하면서 산을 풀어놓고
산'은' 하면서 산을 주저앉히듯
꽃과 나무와 꿈과 마음에게도 그러하다

당신은 사랑'이' 하면서 바람에 말을 걸고
나는 사랑'은' 하면서 바람을 가둔다

안 보면서 보는 당신은 '이(가)'로 세상과 놀고
보면서 안 보는 나는 '은(는)'으로 세상을 잰다

당신의 혀끝은 멀리 달아나려는 원심력이고
내 혀끝은 가까이 닿으려는 구심력이다

그러니 입술이여, 두 혀를 섞어다오

비문非文의 사랑을 완성해다오

_ 정끝별, 〈은는이가〉

    〈은는이가〉는 제목부터가 '은, 는, 이, 가' 네 가지 조
사입니다. '은, 는, 이, 가'를 모두 주격조사로 알고 있는
분들이 많은데요. (주격조사는 문장 속에서 단어가 주어의 역
할을 하도록 해주는 격조사예요.) 이 중에서 주격조사는 '이'
와 '가' 둘뿐이에요. '은, 는'은 주격조사가 아닙니다. 이
둘은 대조와 강조의 의미를 부여하는 보조사예요.

    〈은는이가〉의 앞 네 행을 읽고 '아!' 감탄했어요. '이
(가)'와 '은(는)'이 '사랑' 앞에서 이토록 명확하게 표현되
다니요. 사랑은 당신과 '나(화자)'가 함께하는 것이겠지
만, 어쩐지 화자 쪽이 좀 더 적극적으로 당신에게 다가가
고 있는 것 같아요. 아무래도 "당신은 내'가' 하며 힘을 빼
한 발 물러서고 / 나는 나'는' 하며 힘을 넣어 한 발 앞선
다"는 표현 때문이겠지요. '내가'와 '나는'을 한번 소리
내어 읽어보세요. 어떤 말이 더 힘있게 느껴지시나요. 소
리 내 읽으면 바로 알 수 있어요. '나는'에 훨씬 더 단단하
고 단정한 힘이 들어간다는 사실을요. 겨우 조사 하나에
이만큼 큰 의미가 담겨 있음을 알고 나면 조사 하나도 허

투루 쓸 수 없습니다. 아니, 허투루 쓰고 싶지 않다는 다짐이 서요.

두 돌이 지나기도 전에 오빠가 되어야 했던 첫째 아이는 종종 자신과 동생을 향한 엄마의 사랑을 저울에 올립니다. 그리고 제게 물어요. 엄마의 사랑 저울이 자기에게로 더 기울기를 바라는 마음을 담아서겠지요.

"엄마, 엄마는 내가 좋아? 봄이가 좋아?"

"엄마는 사랑이도 좋고, 봄이도 좋지!"

"치! 엄마는 나는 안 좋아하고 봄이를 좋아하지?"

"아니! 엄마는 너도 봄이도 똑같이 좋아해. 너는 엄마의 첫사랑이고, 봄이는 엄마의 마지막 사랑이야."

"첫사랑?"

"응, 첫사랑. 사랑이는 엄마에게 처음 찾아온 아기니까, 첫사랑이지."

"히히, 나는 엄마의 첫사랑이다. 내가 일등이다!"

이번에도 저울의 중심을 잘 지켰습니다. 아이가 둘이라서 얼마나 다행인지요. 단순한 대화 속에서 의미의 차이가 생기는 것은 조사 덕분입니다. "엄마는 너도 봄이도 똑같이 좋아해"에서 '도'는 아우름의 의미가 있어요. '도'

로 연결된 두 대상의 무게는 꼭 같습니다. '도'를 씀으로써 '너'와 '봄이(동생)'를 향한 사랑에는 약간의 기울임도 없음을 전하고 싶었어요. 어쩌면 아이가 원한 답은 "너만 좋아해"였을지도 모릅니다. '만'은 '단독'의 의미를 지닌 조사예요. '너만'이라고 한다면 다른 대상은 끼어들 틈이 없어요. "너만 좋아해"라고 했다면 엄마의 사랑이 오직 너에게만 기울어 있다는 말이 되었겠지요. 하얀 거짓말이라도 해줘야 했을까요.

"너는 엄마의 첫사랑"이었다는 말이 첫째에게 위안이 되었기를 바랍니다. 엄마의 마음에 처음으로 들어선 아이가 바로 너였다고요. 너와 봄이는 자리가 다를 뿐, 엄마는 둘을 꼭 같이 사랑하고 있다는 사실까지 알아준다면 더할 나위 없겠습니다.

흉내 내는 말로
일상의 재미를
표현해요

피천득
〈아가의 오는 길〉

☖

아이를 낳고 제 언어 세계에는 엄청난 변화가 생겼습니다. 전에 없이 흉내 내는 말을 많이 사용하게 되었거든요. 지금 생각해봐도 정말 갑작스러운 변화였습니다. 누가 그러라고 시키지도 않았는데 너무나 자연스럽게 일어난 일이었어요.

많은 일상 용어가 약속이나 한 듯 일시에 흉내 내는 말로 대체되었어요. 잠을 자자는 코-하자, 양치질은 치카치카, 세수는 어푸어푸, 그림 그리기는 쓱싹쓱싹, 가위질은 싹둑싹둑, 코 풀기는 '흥!' 하기, 자동차는 빵빵이, 공룡은 크아(공룡 울음소리), 새는 짹짹이와 깍깍이, 고양이는 야옹이, 강아지는 멍멍이……. 정말 많은 단어와 짧은 문장들이 흉내 내는 말로 바뀌었어요.

제게만 생긴 변화는 아닌 듯했어요. 여러 육아 관찰 예능을 보면 대부분의 부모가 아이들을 대할 때만은 자연스럽게 흉내 내는 말을 사용하더라고요. 소리와 모양을 흉내 내는 말은 그 자체로 직관적인 언어 표현이라 말에 서툰 아이들이 받아들이기가 훨씬 쉽습니다. 말을 배우는 아이들은 대부분 흉내 내는 말부터 배우기 시작해서 개념어로 넘어가지요. 그렇게 아이들의 언어 체계는 구체의 세계에서 추상의 세계로 넘어갑니다.

우리말은 흉내 내는 말이 무척 발달한 언어예요. 앞서 언급한 개념어를 대체하는 흉내 내는 말뿐만 아니라, 비슷한 모양이나 소리를 강약 조절로 다양하게 표현할 수도 있어요. 몽글몽글과 뭉글뭉글이 그렇고, 착착과 척척이, 촉촉과 축축이, 통통과 퉁퉁이, 반짝반짝과 번쩍번쩍이 그래요. 모음과 자음을 한두 개 바꾸는 일만으로도 말의 감각을 깨울 수 있어요.

재깔대며 타박타박 걸어오다가
앙감질로 깡충깡충 뛰어오다가
깔깔대며 배틀배틀 쓰러집니다

뭉게뭉게 하얀 구름 쳐다보다가
꼬불꼬불 개미 거동 구경하다가
아롱아롱 호랑나비 쫓아갑니다

_ 피천득, 〈아가의 오는 길〉

〈아가의 오는 길〉은 모양을 흉내 내는 말을 잘 활용한 동시예요. 아가의 발걸음을 보면, 발바닥 전체를 바닥에 타박타박 다 딛으며 걷거든요. 그러다 토끼처럼 깡충깡충 뛰기도 하지요. 이리 배틀, 저리 배틀 픽 쓰러지기도 일쑤입니다. 아가의 오는 길은 직선이 아니에요. 구름도 쳐다봐야 하고 쪼그려 앉아 개미도 구경해야 하고 날갯짓하는 호랑나비를 쫓아가기도 해야지요. '아가의 오는 길'이라는 제목 그대로, 시를 읽으면 아직 뒤뚱뒤뚱 어설픈 걸음을 걷는 아가의 모습이 눈에 선하게 떠오릅니다. 금방이라도 눈앞에 아가가 달려올 듯해요.

곰곰이 생각해보니 일곱 살이 된 첫째는 언젠가부터 흉내 내는 말을 잘 사용하지 않아요. 이제 구체의 세계에서 추상의 세계로 진입하고 있다는 증거겠지요. 다섯 살인 둘째는 여전히 구체의 세계가 더 익숙한지 양치질보다는 치카치카를, 사물들의 이름보다는 소리를 흉내 내는 말을 선호해요. 치카치카하던 아이가 양치질을 하고, 코-자던 아이가 그냥 잠을 자고, 멍멍이를 좋아하던 아이가 강아지를 좋아하는 아이로 자라는 것이 왠지 아쉽습니다. 괜히 잠든 아이의 등을 쓸다, 불현듯 작년에 육아일기로 써두었던 시가 떠올라 찾아보았어요.

내가 세수하는 곁에서
너는 "어푸어푸 하꺼야" 하고
내가 양치하는 동안에
너는 "치카치카" 네 칫솔을 찾는다
내가 요리하고 서 있으면
너는 내 냄비 꺼내 "보글보글 해야지" 하고
내가 "밥 먹자" 하면
너는 "맘마 꼬꼭" 하며 식탁 앞에 앉는다
내가 그림 그리면
너는 이내 다가와 "쓱싹쓱싹"하며 자리 잡고
내가 능숙하게 가위질하면
너는 어설픈 손짓으로 "싹둑싹둑"거리며 종이 자른다
내가 네 귀에 귓속말하면

너는 내 귀를 당기며 "엄마, 소곤소곤하자" 하고
내가 "이제 그만 자야지" 하면
너는 "코오- 코오-" 하며 이부자리에 눕는다

추상의 단어 속에 사는 나
구체의 단어 속에 사는 너
그래서 나는 매일이 일상이지만
그러니 너는 매일이 여행인 걸까

_ 허서진 자작시, 〈나는 일상, 너는 여행〉

　구체의 단어 속에 살던 아이는 매일을 여행처럼 느꼈습니다. 매 순간이 재미있는 일의 연속이고, 고민과 근심 같은 건 들어설 자리가 없었지요. 추상의 단어 속에 사는 저는 매일이 같은 날의 반복이었습니다. 늘 하던 일을 했고, 늘 만나던 사람을 만났으며, 늘 시의적절한 고민을 안고 있었어요. 아이들이 구체의 세계에서 추상의 세계로 가고 있다는 걸 느꼈을 때 진한 아쉬움이 들었던 건 그래서였나 봅니다. 그저 아이가 자라고 있다는 사실 때문만이 아니라 아이에게도 매일이 일상이 되고 때론 감당하기 어려운 고민과 근심을 짊어져야 하겠구나 하는 안타까움 때문에요.

아이들을 조금 더 구체의 세계에 붙잡아둘까 봐요. 어 푸어푸 세수하고, 치카치카 양치질하고, 냠냠 밥을 먹고, 씽씽 킥보드를 타고, 길 가는 멍멍이와 인사하고, 톡톡 내 리는 빗소리를 듣고, 펑펑 눈이 오기를 기다리고. 그렇게 조금만 더 구체의 세계에서 여행 같은 일상을 누리기를 기도해볼까 봐요.

어휘력을 키워
말 그릇을 넓혀요 1

한자어 편

유치환
〈깃발〉

최근 문해력 저하와 관련한 뉴스를 자주 접합니다. 문해력 저하 논란의 불씨가 된 사건이 있었어요. 한 업체에서 고객들을 대상으로 사과문을 올리면서 "심심한 사과 말씀드립니다"라고 했는데, 이를 접한 고객 중 일부가 '심심한'을 '지루하다, 재미가 없다'는 뜻으로 오해해 댓글을 달면서 논란에 불이 붙었어요. '심심甚深하다(마음의 표현 정도가 매우 깊고 간절하다)'에서 촉발된 문해력 논란은 여러 한자 단어들로 만들어진 문해력 테스트를 유행시킬 만큼 엄청난 이슈였습니다. 문해력 관련 책이 단숨에 주목받는 계기가 되기도 했고요.

저도 그 기사를 처음 보았던 날 '문해력의 기본이 되는 어휘력이 정말 떨어지고 있구나' 느꼈는데요. 작년에 학교에서 학생들을 만나며 더 절실하게 느꼈습니다. 중간고

사 문제를 출제했는데 예상보다 평균 성적이 너무 낮았어요. 원인을 분석하던 중에 안 사실이 바로 어휘력 부족 문제였습니다. 보기에 쓰인 단어들의 의미를 정확히 알지 못해 문제 자체를 제대로 이해하지 못한 학생들이 많았던 겁니다.

우리말 어휘 체계에서 한자가 차지하는 비중은 매우 높습니다. 오랜 시간 한자 문화권에 있었기 때문이에요. 한글은 자음과 모음 낱자에 의미가 없고 소리만 있는 '표음문자'인데 반해, 한자어는 글자 하나가 이미 온전한 의미를 가진 '표의문자'입니다. 'ㅅ, ㅣ, ㄴ'에는 개별적인 의미가 없지만, '신(信)'이라는 한자는 그 자체로 믿음이라는 뜻을 가집니다. 이 한자어의 의미를 안다면 이를 활용한 다양한 단어의 의미를 보다 쉽게 유추할 수 있어요. 예를 들어 글을 읽다가 '신뢰, 신봉, 신실, 맹신, 불신' 등의 단어를 만났을 때 이 단어의 의미를 정확히는 알지 못하더라도 '믿음'과 관련이 있겠다는 짐작이 갑니다. 그러면 앞뒤 문맥을 통해 대략적인 의미를 유추할 수 있지요.

지금 10대 아이들에게 한자어는 마냥 낯설고 어려운 단어입니다. 한자가 필수 과목이 아닐뿐더러 어릴 때부터

인터넷 매체에 노출된 아이들은 한자어보다 자기들이 만들어 쓰는 신조어에 훨씬 더 익숙하거든요.

> 이것은 소리 없는 아우성
> 저 푸른 해원海原을 향하여 흔드는
> 영원한 노스탤지어의 손수건
> 순정은 물결같이 바람에 나부끼고
> 오로지 맑고 곧은 이념의 푯대 끝에
> 애수는 백로처럼 날개를 펴다
> 아아 누구던가
> 이렇게 슬프고도 애달픈 마음을
> 맨 처음 공중에 달 줄을 안 그는.
>
> _ 유치환, 〈깃발〉

〈깃발〉은 중고등학교 국어 교과서에 자주 나오는 시입니다. 유치환 시인의 문학사적 위상도 중요하지만 비유와 상징, 역설 등의 다양한 표현법을 두루 사용한 시이기도 하거든요. 이 시의 핵심 소재는 '깃발'입니다. 화자는 깃발이 바람에 나부끼는 모습을 보고 있어요. 깃발이 세차게 흔들리는 것을 "소리 없는 아우성"이라고 합니다.

아우성은 악을 써 지르는 소리입니다만 깃발의 흔들림은 소리가 없죠. 시각적으로 역동적인 모습을 청각적 감각으로 바꾸어 표현한 겁니다. 그 이후로도 깃발이 푯대에 매달려 '푸른 해원'을 향해 흔들리는 모습을 노스탤지어(고향을 향한 그리움)의 손수건, 순정, 애수, 애달픈 마음이라고 비유하고 있어요. 여기서 깃발이 그리움과 애수, 애달픔 등으로 비유되는 이유는 '푸른 해원'으로 나아가고 싶지만 '푯대'에 매달려 있다는 근원적 한계 때문입니다. 이 시의 주제를 정리하자면 '푸른 해원(이상향 또는 꿈)을 향해 나아갈 수 없는 슬픔과 좌절'이라고 할 수 있어요.

현재 이 시를 제대로 이해할 수 있는 중학생이 몇이나 될까요? 주제까지 가기도 전에 일단 시어의 의미 유추도 어렵습니다. '아우성, 해원, 이념, 푯대, 애수' 등의 시어를 보자마자 '모르겠다' '국어는 어렵다' '시는 무슨 말인지 하나도 모르겠다'며 주저앉지요.

국어 교사이지만 〈깃발〉 같은 시를 중고등학생이 안다고 해서 어떤 의미가 있을까 고민할 때가 있습니다. 너무 오래된 시이기도 하고, 시어 역시 요즘은 흔하게 쓰는 단어들이 아니니까요. 곰곰이 생각해보면 누구나 한 번쯤은 꿈이나 이상을 품어도 현실적 제약에 매여 나아가지 못하는 경험을 합니다. 폿대에 매달린 깃발처럼, 하염없이 꿈을 향해 나부껴도 한 발도 나아갈 수 없는 좌절을 느낄 때가 있어요. 10대라고 해서 좌절이 없을까요. 성적이 낮아서 원하는 상급학교에 진학할 수 없을 때, 좋아하는 친구에게 마음을 표현하고 싶지만 여러 가지 이유로 그 마음을 표현하기 어려울 때, 오랜 꿈이 있지만 현실적인 제약으로 관련 진로를 선택할 수 없을 때……. 시어의 의미만 이해한다면 '깃발'이라는 시의 표현이 더없이 와닿을 수 있어요. 그 좌절감과 슬픔을 이토록 절박하게 표현한 시를 다시 찾을 수 있을까 싶을 만큼 깊이 공감할 수 있습니다.

영유아기 아이들과의 대화에서는 알게 모르게 쉬운 단어를 골라 썼습니다. 소리나 모양을 흉내 내는 말을 많이 쓰게 된 것과 같은 맥락이었어요. 당연히 한자어는 쓸 일이 거의 없었습니다. 첫째가 유치원에 다니기 시작하면서 읽는 그림책의 글밥이 많아지기 시작했어요. 덩달아 새로운 단어를 만날 일도 많아지고, 단어의 의미를 묻는 질문도 폭발적으로 늘어나기 시작하더군요.

아이의 질문 폭격에 차례로 대답하면서 제 어휘력의

한계를 느낄 때도 많습니다. 머리로는 알고 있는 단어인데 아이에게 설명하려니 어찌나 어려운지요. 예도 들고, 비슷한 단어들과 비교도 해주면서 단어를 설명합니다.

"엄마, '재치 있다'가 무슨 말이야?"

"재치라…… 재치는 뭔가를 순간적으로 잘하는 재주 같은 거야."

"순간적으로 잘하는 거? 뭘 잘해?"

"말을 잘할 수도 있고, 뭔가를 뚝딱뚝딱 잘 만들어낼 수도 있고, 솜씨가 좋을 수도 있고."

"그건 재주가 좋은 거 아니야?"

"음, 재주랑 재치가 비슷하긴 한데, 재치는 순발력이랑 좀 더 관련이 있어."

"순발력?"

"응, 순발력은 순간적으로 어떤 힘을 내는 거야."

"그럼 재치는 순간적으로 뭔가를 탁 잘하는 거야?"

"오, 맞아. 그런 거야!"

여기서 한 발 더 나가려면 아이의 일상과 새로운 단어를 연결해줘야 해요.

"사랑이랑 봄이도 재치 있게 행동한 적이 있을까?"

"음, 나는 잘 모르겠고 우리 유치원에 원이 알지? 그 친구가 재치 있어.”

"오! 그 친구의 어떤 점이 재치 있다고 생각한 거야?”

"전에 우리가 블록 만들기를 하는데 다리로 쓸 게 없었거든. 그런데 원이가 갑자기 일어나더니 다른 상자에서 막대기를 하나 가져와서 다리로 놓자고 했었어.”

"와! 맞네. 원이는 정말 재치 있는 친구구나!”

"엄마, 우리 어린이집에 준이는 진짜 재밌는 말을 잘해. 친구가 울고 있으면 가서 재밌는 말로 웃게 해줘. 그것도 재치 있는 거야?”

"재치 있는 거 맞네. 친구를 웃게 해주는 재주가 있다니, 준이도 진짜 멋지다.”

"엄마, 근데 재치랑 재주랑 둘다 '재'로 시작하네?”

"맞아, 맞아! 재치에 쓰인 '재'라는 글자가 바로 '재주'를 뜻하는 거야.”

한자어 좀 몰라도 살아가는 데 큰 지장은 없어요. 그럼에도 아이가 한자어를 물어볼 때, 갖은 지식과 예시를 동원해서 최대한 아이의 말 사전에 새 단어를 심어주고자 노력합니다. 언어는 사고의 그릇이니까요. 사고를 담아내는 그릇이 작다면 사고의 확장은 일어나기 어려워요. 사고의 확장은 외부 세계와의 접촉을 통해 일어납니다. 모든 외부 세계를 직접 경험할 수는 없으므로 타인과 대화를 하고 책을 읽고 매체를 봅니다. 그렇게 말 그릇을 키워요. 가지고 있는 말 그릇이 커질수록 표현할 수 있는 세계는 많아질 것이며 새로운 세계를 받아들일 가능성 또한 높아질 테니까요.

어휘가 부족하다고 해서 살아가는 데 지장이 없다는 말을 다시 정확하게 바꿔보면, 먹고 사는 데 지장이 없다는 말일 것 같습니다. 어휘가 부족해도 몸의 허기를 채우는 데는 부족함이 없을 수 있어요. 그러나 생각의 허기는 깊어지지 않을까요?

어휘력을 키워
말 그릇을 넓혀요 2

순우리말 편

김영랑
〈돌담에 속삭이는 햇발〉

"엄마! 엄마 좋아하는 윤슬이다. 얼른 와봐."

저희 집 거실 창밖으로는 강이 보여요. 남서향 집이라 해가 넘어가는 오후가 되면 강 표면에 윤슬이 반짝입니다. 윤슬은 빛에 비치어 반짝이는 잔물결을 뜻하는 순우리말이에요. 그 반짝임이 얼마나 예쁜지요. 아이들에게 "엄마는 저 윤슬이 참 좋아"라고 여러 번 말해주었어요. 언제부턴가 두 아이 모두 집에서든 밖에서든 윤슬이 반짝이면 저부터 찾습니다. 엄마가 좋아하는 거라면서요.

아이들이 엄마가 무엇을 좋아하는지 기억해주는 것도 좋지만 '윤슬'이라는 어쩌면 낯선 단어를 자유롭게 쓰는 것도 참 좋습니다. (저희 아이들은 바다나 강 그림을 그릴 때 윤슬이라며 꼭 점을 찍어요.) 몰랐다면 햇빛으로 뭉뚱그려 개념화되었을 것이 새로운 언어를 통해 자기 자리를 잡은 것 같아서요. 이렇게 아이들은 언어를 배우며 머릿속 사고의 방을 넓혀갑니다.

　앞서 한자어에 대한 이야기를 하면서 언어는 사고의 그릇이라는 표현을 썼는데요. 같은 맥락에서 우리말을 제대로 아는 것도 필요합니다. 한자어가 순우리말 어휘 체계에서 아무리 많은 부분을 차지한다고 하더라도 우리말의 전부는 아니에요. 사실상 외래어 유입 속도가 더 빨라지면서 우리말 어휘 체계에는 한자보다 (영어를 비롯한) 외래어의 비중이 상당히 높아지고 있습니다. 그래도 아직은 순우리말을 지키려는 움직임도 상당합니다.

　우리말에는 대상을 섬세하게 표현하는 단어들이 무척 많습니다. 특히 특정 대상의 이름을 나타내는 말과 색채를 나타내는 말이 아주 발달해 있어요. 달도 그냥 달이 아니라 생긴 모양에 따라 눈썹달, 초승달, 갈고리달, 온달, 조각달입니다. 별도 그냥 별이 아니라 저녁샛별(저녁 무렵 서쪽 하늘에 보이는 금성), 어둠별(해가 진 뒤에 서쪽 하늘에서 반짝거리는 금성), 길쓸별(혜성의 순우리말), 꼬리별(혜성의 또 다른 우리말), 까막별(빛을 내지 않는 별), 잔별(작은 별), 싸라기별(싸라기처럼 아주 잘게 보이는 별), 여우별(궂

은 날에 잠깐 나왔다가 숨는 별)이고요. 비도 여우비(볕이 나
있는 날 잠깐 오다가 그치는 비), 가랑비(가늘게 내리는 비),
실비(실같이 가늘게 내리는 비), 안개비(내리는 빗줄기가 매
우 가늘어서 안개처럼 부옇게 보이는 비)이고, 바람도 세기에
따라 가장 약한 남실바람부터 흔들바람, 된바람, 큰바람
까지 다양합니다. 햇살과 햇발의 어감이 다르듯 뜻도 섬
세하게 다르고, 햇살은 내려앉은 자리에 따라 햇볕이 되
기도 하고 윤슬이 되기도 하지요.

색채어는 또 어떤가요. 노랑도 그냥 노랑이 아닙니다.
노랗고, 노르께하고, 노르스름하고, 노르댕댕하고, 노르
퇴퇴하고, 노르칙칙하고……. 와, 쓰다 보니 색채어로는
우리말을 따라올 언어가 없을 것 같아요.

돌담에 속삭이는 햇발같이
풀 아래 웃음짓는 샘물같이
내 마음 고요히 고운 봄 길 위에
오늘 하루 하늘을 우러르고 싶다

새악시 볼에 떠오르는 부끄럼같이
시의 가슴 살포시 젖는 물결같이

보드레한 에머랄드 얇게 흐르는

실비단 하늘을 바라보고 싶다

_ 김영랑, 〈돌담에 속삭이는 햇발〉

〈돌담에 속삭이는 햇발〉은 아름답고 평화로운 세계를 동경하는 마음을 순우리말로 잘 표현한 시입니다. 1연에서는 '햇발'이라는 단어가 가장 눈에 띄는데요. 돌담에 내리쬐는 것이 '햇살'이라고 했을 때와 '햇발'이라고 했을 때의 느낌은 확연히 다릅니다. 햇발은 '기세 좋게 강하게 뻗치는 햇살'을 뜻하는 순우리말이에요. '희미한 햇살이 비쳤다'라는 표현은 가능하지만 '희미한 햇발이 비쳤다'라는 표현은 불가능한 이유입니다. 이로써 돌담 가득 봄 햇살이 환하게 드리운 것처럼 따스한 '내 마음'을 상상할 수 있어요.

2연에서는 '살포시, 보드레한, 실비단'을 살펴볼게요. '살포시'는 '살짝, 살며시, 사뿐' 등과 유의어지만 훨씬 더 부드럽고 조심스러운 느낌을 줍니다. '보드레한'은 '보드랍다, 부드럽다' 등과 유의어지만 부드러운 정도에서 유의어들보다 더 부드러운 느낌을 줘요. 갓 태어난 아가의 솜털이나, 불면 날아갈 듯한 솜사탕 조각 같은 느낌이요.

'실비단'은 가는 실로 짠 비단인데요. 굵은 실로 짠 비단에 비해 당연히 섬세하고 고운 느낌을 줍니다.

이처럼 같은 의미의 단어라도 저마다의 느낌이 있습니다. 이 느낌은 한국어를 모국어로 사용하는 사람들만이 정확하게 전달할 수 있어요. 물론 한국어를 모국어로 사용한다고 해서 모두가 이 느낌을 정확하게 표현하고 받아들이는 것은 아닙니다. 머릿속 단어 사전에 이런 단어들이 자리 잡고 있어야 가능하지요. 평소에 아름다운 우리말을 애써 사용하고 기억하는 것은, 국어교사로서 우리말을 지켜야 한다는 직업적 소명도 있지만 우리말을 통해 제 아이가 보다 넓고 깊은 세상을 담아 그리길 바라는 소망 때문이기도 합니다.

얼마 전 햇살이 반짝이는 날에 잠깐 비가 내렸습니다.

"얘들아! 여우비 내린다!"

"여우비? 엄마, 여우비가 뭐야?"

"이렇게 햇볕 나는 날에 잠깐 내리는 비를 여우비라고 해. 저기 하늘 봐. 별로 흐리지도 않고 햇빛이 있는데도 비가 내리지?"

"여우비, 재밌다. 늑대비는 없어? 토끼비는?"

역시 아이들의 상상력은 따라갈 수가 없더군요. 늑대비와 토끼비 대신에 가랑비, 보슬비, 실비, 안개비, 소나기를 알려주었습니다. 비라고 해서 다 같은 비가 아니라고, 저마다 예쁜 이름들이 있다고요. 며칠 뒤 저녁 설거지를 하고 있는데 두 아이가 합창하듯 저를 불렀습니다. 거품이 묻은 손을 개수대에 둔 채로 고개를 돌리니 창밖에 가을비가 내리고 있었어요.

"엄마, 보슬비 온다! 근데 엄마! 깜깜한 밤에 오니까 깜깜비라고 하면 어때?"

"와! 멋진데! 깜깜비!"

그날 밤, 설거짓거리를 개수대에 그대로 둔 채 아이들과 함께 앉아 사전에도 없는 비 이름들을 만들었습니다. 깜깜비, 까만비, 보슬보슬비, 물방울비, 작은비, 예쁜비, 얇은비……. 저마다의 이유를 붙여가며 가을 저녁 옅게 내리는 비에 예쁜 이름들을 붙여주었어요. 그날의 비는 아마도 오랫동안 기억에 남을 것 같아요. 우리말보다 더 아름다운 밤의 추억으로요.

제 2 부

감정에도 여러 가지 색깔이 있어요

감정 표현력

슬픔은
부정적인
감정일까요?

김선우
〈눈물의 연금술〉

우리는 대체로 슬픔에 익숙하지 않습니다. 슬픔은 부정적 감정이라 배웠고, 울음은 어린아이들에게만 허락된 것이라 여겼어요. 사실 어린아이들에게도 울음은 마냥 허용되지 않아요. 우는 아이에게 "눈물, 뚝!"이라는 말을 서슴없이 하곤 하니까요.

10대 아이들을 만나 보면 아이들이 '슬픔'이라는 감정에 굉장히 취약함을 수시로 느낍니다. 친한 친구와 관계가 틀어졌을 때, 시험을 망쳤을 때, 자신의 계획대로 일이 처리되지 않을 때, 선생님과 갈등을 겪을 때…… 아이들은 대체로 분노하고 억울해해요. 그래서 상대를 비난하고 상황을 비관하는 것으로 제 마음을 표출하지요. 그러나 아이들의 마음을 깊숙이 들여다보면 기저에는 슬픔이 있습니다. 가까운 친구와 관계가 틀어진 것도, 공부한 만큼

성과를 얻지 못한 것도, 계획대로 되지 않는 일도, 누군가와 겪은 갈등도 사실은 모두 '슬픈' 일이거든요.

아이들이 슬픔을 받아들이고 오롯이 느끼는 데 익숙하다면 차라리 주저앉아 울어버리지 않을까요. 그렇게 슬픔을 잘 소화시키고 나면 마음속에 분노와 억울함이 들어설 자리는 별로 없습니다. 충분히 슬퍼했고, 슬픈 마음을 스스로 어루만졌다면 남은 일은 받아들이는 일이니까요. 그게 관계든 성과든, 제대로 슬퍼하고 나면 받아들이고 인정하는 게 조금은 편안해지기 마련입니다.

영화 〈인사이드 아웃〉에는 다섯 감정 친구들이 나와요. 기쁨이, 슬픔이, 소심이, 버럭이, 까칠이까지. 모두 주인공 라일리의 머릿속에 존재하는 친구들로, 이 감정 친구들이 어떻게 반응하느냐에 따라 라일리가 경험하는 수많은 일이 기억 저장소에 각기 다른 방식으로 저장됩니다. 여러 감정 중 가장 바쁜 것은 기쁨이입니다. 기쁨이는 라일리가 언제나 행복하기만을 바라며 모든 일을 기쁜 기억으로 남기기 위해 고군분투합니다. 그러던 어느 날, 슬픔이가 여러 기억에 손을 대기 시작하면서 많은 기억이 슬픔으로 물들어버려요. 기쁨이에게 슬픔이는 라일리를 슬프게 하는 존재일 뿐입니다. 기쁨이는 슬픔이가 슬픔의 원 안에 가만히 서서 아무것도 하지 않기를 바라요.

슬픈 생각이 들 때면 애써 슬픔을 몰아내고 기쁜 순간을 떠올리려 애쓰는 일. 슬픔에 빠지는 대신 슬픔을 잊으려 노력하는 일. 대부분의 사람에게 익숙한 일입니다. 그래서일까요. 슬픔이가 기쁨이에게 건네는 이 말은 울림이 커요.

"Crying helps me slow down and obsess over the weight of life's problems(우는 것은 내가 속도를 좀 늦추고, 삶의 문제들의 무게에 대해 생각할 수 있게 도와줘)."

우는 것은 부끄러운 일이 아닙니다. 슬퍼서 우는 일은 너무도 자연스러운 일이죠. 아이들은 잘 웁니다. (생존 본능에서 우러나는 울음은 열외로 치더라도) 언어적 소통이 가능해진 뒤에도 아이들은 울음에 인색하지 않아요. 우는 동안 자기에게 닥친 문제를 받아들이고 마음을 가다듬을 시간을 법니다. 실컷 울고 난 아이들의 표정은 여느 때보다 맑게 개요. 슬픔이 무사히 소화된 겁니다.

아이들이 슬픔을 낯설게 여기고 울음에 인색해지는 건 잘못된 사회화의 과정이라고 생각해요. 당장에 12월만 되면 거리에 울려 퍼지는 캐럴에도 "울면 안 돼"가 반복적으로 나오잖아요. 저는 그 캐럴을 들을 때마다 '왜 울면 안 되느냐'고 묻고 싶습니다. 심지어 우는 아이에게 선물을 안 준다니요! 우는 사람을 약한 사람으로 단정 짓고, 울지 않는 사람을 치켜세우는 사회 분위기에서 어떤 아이가 편안히 울 수 있을까요. 온전히 슬픔과 마주할 수 있을까요. 결국 아이들은 어른으로 자라는 동안 자연스럽게 슬픔을 부정적 감정으로, 울음은 약한 행동으로 학습하고 맙니다.

그 돌은 작은 모래 한 알로부터 자라났다
눈물이라는
모래 한 알로부터

살다 보면 틀림없이 닥치는 어느 날
서둘러 눈물을 닦아 말려버리지 않고
머리와 심장 사이에 눈물의 대장간을 만든 이들이
그 돌을 가지고 있다

거래를 위한 셈법이 없는 문장들로

눈물을 벼려 담금질한 이들만이
투명하게 빛나는 돌을
손안에 쥔다

자신과 세상을 지킬 눈물의 돌
체념으로 증발하지 않는
아름다운 모서리를 가진 돌을

_ 김선우, 〈눈물의 연금술〉

〈눈물의 연금술〉은 제대로 슬퍼하고, 충분히 눈물 흘려야 하는 이유를 아름답게 표현한 시라고 생각합니다. 슬픔은 대개 그렇죠. 아무런 준비 없이 "살다 보면 틀림없이 닥치"게 되어 있어요. 그런 날이면 눈물을 들키지 않으려 "서둘러 눈물을 닦아"버립니다. 이 시는 그러지 말라고 말해요. 쉽게 "말려버리지 않고/머리와 심장 사이에 눈물의 대장간을" 만들어서 가지고 있으라고요. '눈물의 대장간'에서는 눈물을 담금질합니다. 눈물을 더 단단하게 만들기 위해서예요. 이 과정을 잘 겪어낸 사람들이 "투명하게 빛나는 돌" 즉, 아름답게 승화된 눈물(슬픔)을 "손안에 쥔다"고 해요. 이 돌(슬픔)은 "자신과 세상을 지킬"

힘을 주고, 누군가를 찌를 뾰족한 모서리 대신 "아름다운 모서리"를 가진 사람으로 거듭나게 해줍니다.

　우리 집 두 아이는 참 열심히 울어요. 속상하고 서러운 순간마다 흘러나오는 눈물을 마구 쏟아내지요. 우는 아이를 바라보는 일이 버겁지 않다면 거짓말입니다. 고백하자면 "눈물, 뚝!" 하고 싶은 순간도 있어요. (가끔은 그런 말을 뱉고는 입을 틀어막기도 합니다.) 그래도 웬만해서는 실컷 울게 둡니다. 마음껏 슬퍼하도록 말이에요. 아이들이 속상함을 감추고 눈물을 꿀꺽 삼키려 할 때는 "울어도 돼. 슬프면 우는 거야"라고 말해주기도 해요. 아이들의 슬픔이 빗장 속에 갇히지 않도록, 충분히 슬퍼하고 충분히 울고 난 뒤 제 앞의 문제와 제대로 마주할 수 있도록 말이에요.
　저의 노력이 빛을 봐 두 아이가 슬픔을 자연스럽게 받아들이는 어른으로 자라기를 바라요. 슬퍼해야 하는 순간이면 묻지도 따지지도 않고 슬퍼하는 어른으로 말이에요. 슬퍼서 우는 일이 부끄러운 일이 아니라 슬프면 우는 일이 당연한 일이라 여기는 어른으로요.

동정은
공감의
또 다른 표현

백석
〈수라〉

동정은 다른 대상을 가엾게 여기는 마음입니다. 여러 감정 중 가장 오해를 많이 받는 감정이 바로 이 '동정'이 아닐까 싶어요.

　　"동정하지 마!"

　　드라마나 영화에도 종종 등장하는 대사입니다. 주인공이 어려움에 처했을 때 누군가가 손을 내밀면 그것을 덥석 잡는 경우는 거의 없어요. 대체로 '나의 어려움을 그런 시선으로 보지 마!'라는 마음을 담아 "동정하지 마!"라고 소리치죠. 그때 인물의 눈빛은 대체로 상대를 노려보며 불편한 기색을 듬뿍 담아냅니다. 그의 마음속에 있는 생각은 '저 사람 눈에는 내가 초라하게 보이는구나. 자존심이 상한다'일 겁니다.

　　'동정'을 불쌍히 여기는 마음에 초점을 두고 보면 드

라마 속 등장인물의 반응이 충분히 이해됩니다. 대상을 불쌍히 여긴다는 것은 '내가 대상보다 우월한 위치에 있다'는 전제가 깔린 경우가 많아요. 이 전제대로라면 동정하는 사람은 자기도 모르게 시혜 의식을 갖고, 동정받는 사람은 열등감을 느낍니다.

제가 생각하는 '동정'의 포인트는 '불쌍히 여기는 것'이 아니라 '상대의 상황과 마음을 이해하는 것'에 있어요. 바로 '공감'입니다. 동정에 쓰인 한자어를 보면 더 명확한데 한 가지 동同에 뜻 정情, 동정은 말 그대로 '내가 상대와 한 가지 뜻(마음)을 느낀다'는 뜻이에요.

이 시대를 일컬어 종종 '차별과 혐오의 시대'라고 하는데요. 남녀와 세대, 지역과 인종 등과 같은 묵은 문제를 넘어 노인과 아이, 비정규직, 외국인 등 더 세분화된 대상에까지 차별과 혐오가 심각한 수준으로 치닫는 모양새입니다. 어쩌면 이제껏 인지하지 못했던 차별과 혐오에 대한 논의가 본격적으로 시작된 것일 수도 있어요. 이 시기를 잘 넘어가면 화해와 연대의 시대가 올까요? 그러려면 가장 먼저 회복해야 할 감정이 '동정(바로 공감)'이 아닐까 해요. 상대의 어려움을 내 것처럼 느끼고, 같은 마음으로 아파한다면 차별과 혐오가 설 자리는 없을 테니까요.

거미새끼 하나 방바닥에 나린 것을 나는 아모 생각 없
이 문밖으로 쓸어버린다
차디찬 밤이다

어니젠가 새끼거미 쓸려나간 곳에 큰거미가 왔다
나는 가슴이 짜릿한다
나는 또 큰거미를 쓸어 문밖으로 버리며
찬 밖이라도 새끼 있는 데로 가라고 하며 서러워한다

이렇게 해서 아린 가슴이 싹기도 전이다
어데서 좁쌀알만 한 알에서 가제 깨인 듯한 발이 채 서
지도 못한 무척 적은 새끼거미가 이번엔 큰거미 없어
진 곳으로 와서 아물거린다
나는 가슴이 메이는 듯하다
내 손에 오르기라도 하라고 나는 손을 내어미나 분명
히 울고불고할 이 작은 것은 나를 무서우이 달아나 버
리며 나를 서럽게 한다
나는 이 작은 것을 고이 보드러운 종이에 받어 또 문밖
으로 버리며
이것의 엄마와 누나나 형이 가까이 이것의 걱정을 하

며 있다가 쉬이 만나기나 했으면 좋으련만 하고 슬퍼
한다

_ 백석, 〈수라修羅〉

〈수라〉는 백석 시인의 시 중에 제가 가장 좋아하는 시
입니다. 읽을 때마다 마음 한편이 찌릿해져요. 화자는 바
닥에 툭 떨어진 작은 거미 새끼를 문밖으로 쓸어냅니다.
그런데 그 거미가 떨어졌던 자리에 큰거미 한 마리가 옵
니다. 화자는 큰거미가 조금 전에 자신이 문밖으로 쓸어
낸 작은 거미의 어미일지도 모른다는 생각을 합니다. 그
래서 날이 차지만 새끼 있는 곳으로 가라고 문밖으로 쓸
어내고는 서러워하지요. 시는 여기서 끝나지 않고 "좁쌀
알만 한 알에서 가제(갓) 깨인 듯한 발이 채 서지도 못한
무척 적은 새끼거미"를 등장시켜요. 화자는 이 작은 거미
를 차마 쓸어버리지 못하고 "보드러운 종이에 받어" 문밖
으로 보내줍니다. 엄마와 누나 또는 형을 만나기를 바라
면서요. 그러고는 슬퍼합니다.

이 시를 좋아하는 이유는 화자가 보여주는 '동정'의
깊이 때문입니다. 이 시의 화자는 거미 한 마리에도 동정
을 느껴요. 처음 떨어진 거미도 손가락으로 꾹 눌러 죽이

는 게 아니라 문밖으로 쓸어내잖아요. 그 뒤로 연이어 보이는 거미들을 보면서 혹시라도 자신이 거미 가족을 해체시키지는 않았을까 죄책감까지 느껴요.

거미는 인간 입장에서는 미물微物입니다. 하지만〈수라〉의 화자에게는 그저 미물이 아니에요. 거미에게도 가족이 있을 테고, 가족과 이별했다면 슬플 것이라 생각하지요. 거미의 감정을 고스란히 느낀 화자는 함께 서러워하고 슬퍼합니다. 동정입니다. 깊고 아득한 동정이요.

이제 겨우 유아 단계인 제 아이들에게 '동정'은 매우 어려운 감정입니다. 아직까지 자기 감정을 표현하는 일도 서투르니 타인의 감정에 공감한다는 것은 사실상 불가능에 가까워요. 그래서 아이들이 관심을 두고 마음을 두는 작은 존재들을 살피는 연습부터 합니다.

"엄마! 이것 봐!"

공원을 뛰놀던 아이가 손에 들고 온 것은 제법 큰 개미였습니다. 아이는 뿌듯한 얼굴로 왕개미를 잡았다고 자랑을 하러 온 것이었어요. 아이 손에 들린 개미는 여섯 개의 다리를 쉬지 않고 흔들며 발버둥을 치고 있었고요. 그 순간 아이에게 개미는 호기심의 대상, 그 이상도 이하도 아니었습니다. 하지만 제 눈에 개미는 생명이 있는 존재였어요. 개미가 힘들 테니 내려주자고 했더니 아이는 싫다며 거부했어요. 자기가 잡은 거니 자기 마음대로 하겠다면서요.

"개미가 기어가는 게 신기했어? 그랬다 하더라도 개미를 잡아서 들고 다니는 건 개미한테 무척 힘든 일일 수 있어."

아이는 울상이 되어 개미를 내려놓았습니다. 개미는 줄행랑을 치듯 제 길을 찾아 기어갔어요. 겨우 아이의 손톱만 한 개미 한 마리에 이토록 예민해지는 것은 '겨우' 개미 한 마리가 아니기 때문입니다. 동정이 결국 생명을 향하는 마음이라고 할 때 개미는 분명한 생명이니까요. 작은 생명의 고통과 슬픔에 민감한 아이가 끝내 타인의 고통과 슬픔에도 민감할 수 있으리라 기대하니까요.

몇 번이나 그런 일이 있어도 여전히 가끔은 개미를 잡고, 메뚜기를 잡고, 잠자리를 잡는 아이에게 이야기하고 또 이야기해요. 동정심을 잃은 어른이 되지 않도록 말이에요. 나 아닌 다른 존재의 마음을 꼭 내 마음같이 느낄 수 있기를 바라는 마음으로요.

일상의
행복을
말해요

괴테
〈충고〉

행복을 사전에서 찾아보면 "생활에서 충분한 만족과 기쁨을 느끼어 흐뭇함 또는 그러한 상태"라고 나옵니다. 다시 말해 '욕구가 충분히 채워졌을 때 얻는 기쁨'이에요. 그렇다면, 여러분은 행복을 자주 느끼시나요?

가끔 그런 생각이 듭니다. '우리는 행복을 너무 거창한 것이라고 여기는 게 아닐까?' 행복의 전제 조건인 욕구 만족이 너무도 비일상적인 것에 맞추어져 있어서일까요. 고가의 선물을 받았을 때, 벼르고 벼르던 여행을 떠났을 때, 큰 성취를 이뤘을 때……. 그런 때라야 행복하다고 말하지 않나요? 한때 소확행(소소하지만 확실한 행복)이라는 말이 유행했다는 사실은 그만큼 우리가 소박한 것에서는 행복을 느끼지 못했다는 반증이 아닐까요.

10년쯤 전의 일입니다. 교직에 들어선 지 얼마 되지 않았을 때였어요. 학교 현장에서는 '행복'이 큰 화두였습니다. 청소년들의 자살률이 높아지고, 행복지수가 바닥을 친다는 뉴스가 연일 보도되던 때였지요. 서울대학교에 행복연구센터가 신설되었고, 그곳에서 만든 '행복 교과서'가 학교 현장에 배부되었어요. 그 교과서를 보고 처음 느낀 감정은 놀람과 충격이었습니다. 적어도 저는 그랬어요. '행복을 교과서로 배워야 한다고?' 약간의 반감도 느꼈습니다. 행복은 지극히 개인적인 감정인데 이것이 배움의 영역에 들어오는 게 맞는지 혼란스러웠어요.

행복 교과서에는 행복이 무엇인지, 행복하기 위해서 어떤 마음가짐을 가져야 하며, 행복과 목표의 상관관계는 어떠한지 등이 담겨 있었어요. 우리가 행복에 대해 말할 때 자주 언급하는 내용들이 일목요연하게 정리된 책이었어요. 당시 근무하던 중학교에서는 실제로 그 교과서로 수업이 이루어졌고, 아이들은 행복을 배웠습니다. 저는 행복 교과서로 수업을 진행하는 교사는 아니었어요. 관련 연수를 이수한 교사들이 담당했거든요. 직접 수업을 해보지 않아서인지는 모르겠지만 당시 느낀 혼란과 반감은 쉽게 수그러들지 않았습니다. 행복 수업이 아이들을 행복으

로부터 더 도망가게 하는 듯한 느낌이었거든요. 그때부터
생각했습니다. 행복은 교과서로 배울 만큼 그리 거창한
것이 아니라고요.

일상의 행복을 발견할 수 있는 힘을 기르는 것이 진짜
행복입니다. 거창한 목표를 세우고 목표를 위해 나아가는
일도 중요하지만, 이미 내가 누리고 있는 것들을 정확히
바라보고 그것을 말로 표현하면서 분명하게 인지한다면
충분히 행복한 삶을 살 수 있어요.

너는 왜 자꾸 멀리만 가려 하느냐.
보아라, 좋은 것은 가까이 있다.
네가 잡을 줄만 안다면
행복은 항상 너의 곁에 있으니.

_ 요한 볼프강 폰 괴테, 〈충고〉

괴테의 〈충고〉는 명쾌합니다. 사실 시라고 하기에는 대
단한 수사도 없고 문학적 기교도 없어요. 다만 짧은 문장
으로 분명한 메시지를 전합니다. 멀리서 행복을 찾지 말고
가까이에 있는 행복을 잡으라고요. 저는 이 시의 제목이
'행복'이 아니라 '충고'라서 좋았어요. 정신이 번쩍 드는

기분이었거든요. 세잎클로버가 지천인 들판에서 네잎클로버를 찾는 일에만 몰두하는 우리에게 괴테의 〈충고〉는 울림이 큽니다. 특히 "네가 잡을 줄만 안다면"이라는 시행이 그래요. 행복을 느끼는 것은 외부 조건의 변화 때문이 아니라 오직 '나'의 의지에 달렸다는 말이니까요. 달리 말해 어떤 마음으로 하루하루를 살아가느냐에 따라 일상의 모든 순간이 행복으로 다가올 수도 있어요.

일상의 행복을 알아차리기는 쉽지 않습니다. 반복되는 일은 언제나 당연하게 느껴지니까요. 일상은 기본 옵션 같은 거라 거기서 욕구 지향적인 행복을 느끼기란 거의 불가능에 가까워요. 행복 앞에 '욕구 지향적'이라는 수식을 붙인 이유는 행복의 정의가 곧 욕구 충족과 관련되어 있기 때문입니다. 욕구가 무언가를 얻거나 바라는 마음이라고 할 때, 비슷한 일상에서 매번 무언가를 얻었다거나 바라는 것을 이뤘다고 생각하기는 너무 어렵습니다.

그래서 의식해야 합니다. 일상을 의식하는 일이 쉽지 않지만(어쩌면 피곤하겠지만) 의식하는 순간 일상은 당연하지 않아집니다. 매일 아침 눈을 뜨는 일, 아이들의 웃음소리를 듣는 일, 가족 모두가 아프지 않은 일, 어제 했던 놀이를 또 하는 일, 샤워기로 물을 뿌리며 장난을 치는 일, 식구들끼리 둘러앉아 맛있게 밥 먹는 일, 무사히 잠자리에 드는 일, 아이들의 새근거리는 숨소리를 듣는 일까지. 의식하고 보면 당연한 일은 하나도 없어요. 우리는 대체로 일상에 균열이 일어나는 순간에 닿아서야 아무 일도 일어나지 않았던 날들이 행복했다고 의식합니다.

의식을 앞당겨봅니다. 가장 좋은 방법은 표현하는 것입니다. 생각을 언어로 바꾸어 바깥으로 드러내는 거예요. 일상의 순간에 문득문득 '행복하다'라고 말해보세요. 그 감정을 아이들과 공유하면서 함께 행복을 발견해보면 더없이 좋겠지요.

특별할 것 없는 하루가 끝나고, 씻고 나온 아이들에게 로션을 발라주고 있는데 문득 행복하다는 마음이 들었어요. 이렇게 무사히 하루가 지나갔구나, 안도감도 들었고요.

"아, 사랑아, 봄아. 오늘 진짜 행복하지 않아?"

"오늘? 오늘 왜 행복해?"

"봐봐. 오늘은 사랑이랑 봄이가 아무도 아프지 않았지. 그래서 간식도 실컷 먹었고, 욕조에서 물놀이도 실컷 했잖아. 덕분에 엄마는 책도 읽었고. 우리 아까 클레이 놀이도 정말 재밌지 않았어?"

"엄마는 그게 행복해?"

"그게 진짜 행복이야. 엄마는 그렇게 생각해."

"에이, 키즈 카페도 안 갔고, 놀이터도 안 갔고, 계속 집에만 있었는데 뭐가 행복해."

"사랑아, 너 오늘 아팠으면 아까 간식 못 먹었겠지? 유치원 안 가는 날이라 하고 싶던 놀이도 실컷 했지? 그런 게 다 행복이야."

"맞다. 아까 진짜 오랜만에 아이스크림도 먹었다! 진짜 맛있었어. 오늘 봄이랑 싸우지도 않았다! 행복한 날 맞는 것 같아. 엄마?"

"맞는 것 같은 게 아니라, 맞아. 오늘은 행복한 날!"

"내일도 행복했으면 좋겠다!"

평범한 일상을 행복이라 받아들이는 마음, 제게도 연습이 필요한 일입니다. 살아가는 내내 일상의 행복을 의식하는 연습을 하다 보면 언젠가는 의식하지 않더라도 일상을 행복으로 느낄 날이 오지 않을까요. 그때쯤이면 아이들이 많이 자랐겠지요. 어른이 된 아이들은 일상의 행복을 알고 표현하는 일이 좀 더 자연스러워져 있을까요. 그랬으면, 참 좋겠습니다.

부모의
사랑으로
자라는 아이

안도현
〈스며드는 것〉

첫째 아이의 태명은 '사랑이'였어요. 임신 결과를 확인하고 아이의 심장 소리를 듣고 오던 날, 아이의 태명을 무엇으로 하면 좋을지 묻는 남편의 말에 별 망설임 없이 사랑이로 짓자고 했어요. '나의 남은 생을 걸어 너를 사랑하겠어'라는 호기로운 다짐도 있었습니다. 오래도록 사랑받고 충분히 사랑하며 살기를 바라는 마음도 담뿍 담았고요. 일곱 살이 된 아이는 지금도 가끔 물어요.

"엄마 배 속에 있을 때 내 이름이 사랑이였지?"

"응, 맞아. 사랑이?"

"왜 사랑이랬지?"

"너는 존재 자체로 엄마한테 사랑이었으니까. 엄마에게는 가장 사랑하는 존재이기도 했고, 네가 태어난 후에도 사랑이 많은 사람으로 자랐으면 하는 마음을 담아서?"

그 마음에는 변함이 없지만 아이가 자랄수록 사랑을 말하는 일은 줄어들었어요. 그 자리를 대신하는 말은 무언가를 가르치거나 지시하는 것들이었고요. 그 때문인지 요즘 들어 아이는 가끔 엄마의 사랑을 의심하기도 하고, 확인받고 싶어 하기도 합니다.

누군가에게 사랑받고 누군가를 진심으로 사랑하는 것은 생에서 가장 중요한 일입니다. 부모로부터 받는 조건 없는 사랑과 마음이 통하는 친구와 나누는 우정이라는 이름의 사랑, 연인을 만나 마음을 나누고 삶을 공유하는 사랑, 나보다 약한 존재를 돌보고 아끼는 헌신적 사랑과 나 자신을 아끼고 소중히 여기는 자기애적 사랑까지. 태어나 살아가는 모든 순간에 사랑이 있어요. 그러고 보니 사랑만큼 스펙트럼이 넓은 감정도 없을 듯합니다.

아이들이 경험하는 첫 번째 사랑은 '부모로부터의 사랑'입니다. 저도 엄마의 사랑으로 자랐고, 제 아이들도 마찬가지일 거예요. 범람하는 육아 프로그램에서 한결같이 강조하는 것이 '애착' 아닌가요. 한자어로 '사랑 애愛'와 '붙을 착着'을 쓰는 애착은 말 그대로 '사랑하는 마음으로 충분히 붙어 있는 것'이에요. 붙어 있다는 표현에는 육체적 접촉과 정신적 접촉이 두루 포함됩니다. 아이들은 부모와 안정적인 애착을 형성하며 '사랑'의 기초를 닦습니다. 이 사랑이 안정적일 때 우정도, 헌신도, 자기애도, 희생도 모두 가능해집니다.

꽃게가 간장 속에
반쯤 몸을 담그고 엎드려 있다
등판에 간장이 울컥울컥 쏟아질 때
꽃게는 뱃속의 알을 껴안으려고
꿈틀거리다가 더 낮게
더 바닥 쪽으로 웅크렸으리라
버둥거렸으리라 버둥거리다가
어찌할 수 없어서
살 속으로 스며드는 것을
한때의 어스름을
꽃게는 천천히 받아들였으리라
껍질이 먹먹해지기 전에
가만히 알들에게 말했으리라

저녁이야

불 끄고 잘 시간이야

_ 안도현, 〈스며드는 것〉

　〈스며드는 것〉이 모의고사 국어 영역에 지문으로 나왔던 적이 있어요. 그때 시험을 치다 말고 훌쩍이던 학생들이 있었다고 해요. 엄마 생각이 났던 거죠. 어쩌면 시인은 이런 눈과 마음을 가졌는지! 간장게장을 보면서 모성애를 떠올린 발상부터 참으로 놀라운 시입니다.

　어미 게는 죽음 자체가 두렵지는 않아요. 알을 품고 있다는 것이 두려워요. 내가 혼자 겪는 일이 아니라 내 새끼가 함께 겪는 일이라는 것이 어미 게를 더 웅크리고 버둥거리게 합니다. 어쩔 수 없는, 극단적인 상황에 치닫자 어미는 생명의 불을 끄기 전에 말합니다. "저녁이야/불 끄고 잘 시간이야." 이 짧은 두 문장에는 새끼 게를 향한 어미 게의 사랑이 농축되어 있어요. 지금 일어나는 일은 별일이 아니라고 안심시키려는 마음, 죽음의 고통을 직접적으로 겪게 하고 싶지 않은 마음, 엄마 품에서 편안하게 잠들면 된다는 마음, 이 모든 게 사랑이 아니면 무엇일까요. 사랑입니다. 죽음도 불사하는, 오직 부모만이 자식에게 줄 수 있는 희생과 헌신의 사랑이에요. 아마도 어미 게의 배에 붙어 있던 알들(새끼 게들)은 편안한 잠에 들었을 겁니다. 어두운 밤이구나 여기면서요.

엄마가 되고 나서 가장 두려운 일이 무엇이냐는 질문을 받는다면 주저 없이 답할 수 있습니다. '아이가 나보다 먼저 세상을 떠나는 것'이에요. 부모를 잃은 사람, 배우자를 잃은 사람을 지칭하는 말은 있지만, 아이를 잃은 부모를 지칭하는 말은 없다고 하지요. 그만큼 형언할 수 없는 고통이라는 뜻이겠지요. 생각만 할 뿐 사실은 짐작조차 할 수 없어요.

〈스며드는 것〉에서 부모의 자기희생적이고 헌신적인 사랑을 이야기했는데요. '과연 나는 아이에게 헌신하고 있는가'라는 의문이 드는 분들도 있으리라 생각합니다. 그럴 땐 질문을 바꾸어보세요. '아이와 내가 동시에 위험에 빠진다면 나는 어떻게 행동할까?' 아마 백이면 백 아이를 구하기 위해 몸을 던지거나 아이가 두렵지 않게 안심시키겠다고 답하실 겁니다. 부모의 사랑은 그래서 이미 절대적이고 헌신적이에요. 그것을 매번 표현하지 않을 뿐 모든 부모는 자신보다 자식을 더 사랑하고 있습니다.

"엄마, 엄마는 세상에서 누가 제일 좋아?"

"엄마는 사랑이랑 봄이가 제일 좋지!"

"에? 유치원에서 배웠는데 자기 자신을 가장 좋아해야 한대."

"그래? 유치원에서 그런 걸 배웠어?"

"응, 유치원 선생님이 자신을 가장 사랑해야 한다고 했어."

"맞아, 자신을 가장 사랑해야지. 엄마도 사랑이랑 봄이의 엄마가 되기 전에는 엄마 자신을 가장 사랑했어. 그런데 엄마가 되고 나서부터는 너희 둘이 엄마 자신보다 더 소중해졌지." (웃음)

"그나저나 사랑이는 사랑이 자신을 제일 사랑해?"

"음……. 아니! 나는, 엄마를 제일 사랑해. 아니다 봄이가 1등! 엄마가 2등이고 아빠가 3등!"

"뭐야, 자기 자신을 제일 사랑해야 된다면서."

"나는 엄마가 제일 사랑해주니까, 괜찮아."

아이의 마지막 말에 코끝이 찡했습니다. 엄마에게 혼이 난 날이면 엄마의 사랑을 의심하기도 하고, 매일 함께 지내면서도 끝없이 엄마의 사랑을 확인하고 싶어 하기도 하지만 끝내는 엄마의 사랑을 믿어줘서요. 엄마의 사랑이 있으니 괜찮다고 말해줘서요. 엄마의 사랑에 의지하는 시기가 지나가고 스스로에게 몰입할 시기가 찾아오면, 그때는 이 사랑을 뿌리 삼아 스스로를 더 많이 사랑하면 좋겠습니다. 자신을 사랑하는 만큼 다른 이와 사랑을 나누고 더 넓은 세상을 사랑할 수 있는 어른이 된다면 더 바랄 게 없겠습니다.

사랑은 결국
표현해야
사랑이에요

유용선
〈그렇게 물으시니〉

"엄마, 놀자!"

아마 아이들이 제게 가장 많이 하는 말이 아닐까 합니다. 복직한 이후로 아이들과 함께할 시간이 현저히 줄어들었어요. 아이들은 몇 시간 안 되는 저와의 시간을 온전히 누리고 싶어 해요. 아이들과의 시간이 즐겁지 않은 것은 아니나 가끔은 저도 좀 쉬고 싶을 때가 있습니다. (다들 그렇지 않나요?) 아무 생각 없이 휴대전화를 들여다보고, 못 읽은 책도 읽고, 조용히 커피도 한 잔 마시고 싶은 때가요. 그럴 때는 "엄마, 놀자!"라는 아이의 말을 못 들은 척하고 싶기도 합니다. 결국은 아이들의 성화에 못 이겨 놀이를 시작하는 경우가 대부분이지만 시선은 아이에게 두지 않은 적이 많습니다. 한 손에 든 휴대전화나 책에 시선을 고정한 채로 입으로만 노는 거예요.

아이들은 대번에 압니다. 엄마가 자기에게 집중하지 않고 있다는 사실을요. 그럴 때면 아이는 더 보채고 저는 "엄마 이것만 보고"라며 대충 얼버무려요. 때로는 "엄마 지금 너랑 놀고 있잖아"라며 적반하장으로 대응하기도 합니다. 그런 날은 꼭 아이들이 잠든 후에 후회해요. 하나도 중요하지 않은 일에 정신이 팔려 아이와의 시간을 허비해버렸으니까요. 그냥 잠시라도 온전히 집중해서 함께 놀걸, 내일은 꼭 그래야지, 미안해하고 반성해도 다음 날이 되면 별로 달라지지 않습니다. 자꾸만 잊어버리는 마음을 기억하려고 시를 썼어요.

사랑은 눈을 보고 전하는 거야
너에겐 그리 말하고선

콩콩 뛰는 너에게
앙앙 우는 너에게
징징 보채는 너에게
사랑해, 사랑한다
그 말 못 하고
콜콜 잠든 너에게

꼭꼭 눈 감은 너에게
쌕쌕 새근거리는 너에게
사랑해, 사랑한다

마음이 자꾸만 늦다
사랑이 자꾸만 지각이다
그래놓고는
내 마음 몰라주는 너에게
늘 서운키만 하다

_ 허서진 자작시, 〈지각〉

　엄마들을 만나면 다들 공감하는 이야기가 잠든 아이
의 머리칼을 넘기며 울어본 밤이 있다는 것입니다. 같이
놀자고 할 때 같이 놀걸, 화가 나도 좀 참을걸, 좀 더 부드
럽게 말할걸, 한 번 더 안아줄걸, 사랑한다고 말하고 재울
걸, 그렇게 후회하며 잠든 아이를 바라보는 일. 그러다 눈
물을 떨구는 일. 아이를 키우는 부모라면 다들 한 번쯤(어
쩌면 여러 번) 경험하는 일들입니다. 왜 사랑의 마음은 언
제나 때를 지나치는지, 그렇게 지각인지요.

선생님은 도대체 언제 시를 써요? 선생님이 시를 쓰시는 모습을 한 번도 뵌 적이 없어요. 보여주시는 것들은 모두 옛날에 쓰신 건가요?

혼자 있을 때, 주변에 아무도 없을 때 쓰지요.

주변에 누가 있으면 시가 써지지 않나 봐요?

그런 건 아니지만 주변에 누가 있는데 시를 쓰면 안 되지요.

예? 그건 왜 그런 건가요?

주변에 누가 있을 때는,

……

그 사람을 사랑해야 하니까요.

_ 유용선, 〈그렇게 물으시니〉

〈그렇게 물으시니〉를 읽고 잠시 할 말을 잃었어요. 이내 부끄러웠습니다. "주변에 누가 있을 때는, /……/그 사람을 사랑해야 하니까요"라는 말이 어찌나 뼈아프게 읽히던지요. 생각해보면 너무도 당연한 말입니다. 함께 시간을 보내는 사람, 함께 계절을 지나는 사람, 함께 공간을 나누는 사람. 그런 사람이 곁에 있는 동안 집중해야 할 대상은 '그 사람'입니다. 그 사람과 함께하는 오늘은 다시 오지 않으며, 함께하는 이 계절도 다시 오지 않고, 함께 나누는 공간도 영원하지 않으니까요. 사랑은 지각해서는 안 되는 마음이었던 겁니다.

지금 이 순간, 여기 이곳에서 할 수 있는 가장 가치 있는 일은 내 곁의 사람을 사랑하는 일입니다. 그 사람과 눈을 맞추고, 손을 맞잡고, 사랑을 말하는 일. 그보다 더 귀한 일이 있을까요. 하물며 그 사람이 제 안에서 잉태되어 세상의 빛을 본 아이라면 더 말할 것도 없습니다. 아이와 눈을 맞추어 대화하고, 아이를 으스러지게 끌어안고, "사랑해"라고 말하는 일. 우리에게 주어진 시간과 공간을 사랑으로 가득 채우는 일은 얼마나 빛나는 일인지요.

김진영의 《아침의 피아노》는 죽음에 가까워진 철학자의 일기장입니다. 철학자는 '사랑의 마음'을 이렇게 정의해요. "그건 내부에만 거주하는 것이 아니다. 그건 외부로의 표현이다. 사랑의 마음, 그건 사랑의 행동과 동의어다"[*] 라고요. 사랑의 마음은 결국 사랑의 행동입니다. 마음으로 더없이 사랑하고 있어도 행동하지 않으면 상대는 알 수 없어요. 내부에 머무는 마음을 외부로 표현해야 합

[*] 김진영, 《아침의 피아노》, 한겨레출판, 2018, 223쪽

니다. 사랑을 말하고, 사랑을 전하는 일까지가 모두 사랑의 마음인 셈입니다.

저와 아이들 사이에는 몇 가지 사랑의 암호가 있어요.
"얘들아, 엄마가 할 말이 있어."
"엄마 충전 좀 해줘."
"우리 이상한 내기할까?"
제가 할 말이 있다고 부르면 아이들은 뒤도 안 돌아보고 말해요. "사랑해지?"라며 웃습니다. 그러면 저는 "아니, 어떻게 알았지? 사랑해!"라며 너스레를 떨어요. "충전!"을 외치면 아이들은 하던 일을 멈추고 달려와서 안아줍니다. '이상한 내기'를 하자고 하면 아이와 저는 서로를 세게 끌어안아요. 이상한 내기는 사랑하는 만큼 서로를 세게 안아주는 겁니다. 져도 기분이 상하지 않아서 이상한 내기라고 이름 붙였어요. 저는 늘 아이에게 지고 맙니다. 이 세 암호는 사랑을 표현하는 말이자 행동이에요. 일부러 약속하진 않았지만 몇 번 하다 보니 자연스럽게 굳어졌어요. 이 암호들 덕분에 저희는 날을 세우다가도 서로를 안고 사랑한다고 말합니다.
아이를 키우며 돌아보니 사랑한다는 말도 서로를 깊

고 진하게 안아주는 일도 연습이 필요하더라고요. 아이들이 자랄수록 더 그런 것 같습니다. 이제 마음에만 담아두지 마시고 자꾸 뱉어내보시길. 오늘부터 도전?

건강하게
화를
다스리는 방법

김수영
〈어느 날 고궁을 나오면서〉

요즘 신문 기사나 뉴스를 보면 화를 다스리지 못해 일어나는 참혹한 일들이 정말로 많습니다. 인터넷 검색창에 '홧김에'라는 단어를 입력하고 뉴스 카테고리를 클릭하면 정말 많은 뉴스가 뜹니다. "홧김에 아파트에 불 지른 20대" "홧김에 대리운전 기사 때린 60대" "홧김에 방화" "홧김에 남편 흉기로 찌른" "홧김에 아내 살해한" 등등. 이렇게 옮겨 쓰면서 확인해보니, 이 기사들이 (이 글을 쓰고 있는 날짜를 기준으로) 채 일주일도 되지 않은 것들입니다. 세상에, 일주일이라는 짧은 시간 안에 홧김에 일어난 무시무시한 일이 이렇게 많다니요. 어떤 이의 화로 인해 누군가는 목숨을 잃었고, 누군가는 재산을 잃었습니다. 누군가는 가족을 잃었고, 누군가는 미래를 잃었어요. 이런 뉴스를 보고 있자면 세상을 믿기 어려워질 만큼 공포가 밀려옵니다.

　꼭 뉴스에 나오는 일만도 아닙니다. 정도의 차이는 있겠지만 학교에서도 그런 일은 종종 일어나요. 화를 조절하지 못하는 아이들은 언제 어느 학년에나 있어요. 책상이나 의자를 발로 차서 부러뜨리기도 하고, 친구를 힘으로 제압하려고도 합니다. 교사에게 욕설을 하기도 하고, 불특정 다수에게 분노를 표출하기도 하지요. 한풀 누그러진 학생과 이야기를 나눠보면, 왜 그랬냐는 질문에 대한 답은 대체로 비슷합니다.

　"홧김에 그랬어요."

　부끄러움을 무릅쓰고 고백하자면 예전에는 그런 아이들을 '문제아'라고 낙인찍었습니다. 자기 감정 때문에 타인에게 피해를 주는 행동은 문제 행동이고, 그런 행동을 한 아이는 당연히 문제아였어요. 아이의 문제 행동이 곧 아이 자체라고 봤던 겁니다. 아이의 환경이나 상황을 살피지 않고 행동에만 골몰했던 때에 저는 그토록 경솔했어요.

　요즘 그런 학생들을 만나면 애처로운 감정이 먼저 듭니다. 건강하게 화를 다스리는 방법을 배우지 못한 이유가 있으리라 짐작해요. 대부분의 아이들은 부모와의 상호 작용이 현저히 부족하거나, 부모의 분노를 그대로 흡수한 경우가 많습니다. 그러고 보면 제대로 화를 다스리는 방법을 배우는 일은 어떤 감정 수업보다도 중요하다 싶어요.

왜 나는 조그마한 일에만 분개하는가
저 왕궁 대신에 왕궁의 음탕 대신에
50원짜리 갈비가 기름덩어리만 나왔다고 분개하고
옹졸하게 분개하고 설렁탕집 돼지 같은 주인년한테 욕을 하고
옹졸하게 욕을 하고

한번 정정당당하게
붙잡혀간 소설가를 위해서
언론의 자유를 요구하고 월남파병에 반대하는
자유를 이행하지 못하고
20원을 받으러 세 번씩 네 번씩
찾아오는 야경꾼들만 증오하고 있는가

(중략)

아무래도 나는 비켜서 있다 절정 위에는 서 있지
않고 암만해도 조금쯤 옆으로 비켜서 있다
그리고 조금쯤 옆에 서 있는 것이 조금쯤
비겁한 것이라고 알고 있다!

그러니까 이렇게 옹졸하게 반항한다
이발쟁이에게
땅주인에게는 못하고 이발쟁이에게
구청 직원에게는 못하고 동회 직원에게도 못하고
야경꾼에게 20원 때문에 10원 때문에 1원 때문에
우습지 않으냐 1원 때문에

모래야 나는 얼마큼 작으냐
바람아 먼지야 풀아 나는 얼마큼 작으냐
정말 얼마큼 작으냐……

_ 김수영, 〈어느 날 고궁을 나오면서〉 부분

　〈어느 날 고궁을 나오면서〉는 저항 시인이라 불리는
김수영 시인의 시답게 아주 사실적이며 비판적인 내용을
담고 있습니다. 화자는 정작 화를 내야 하는 거대한 대상

(왕궁, 언론, 땅주인, 공무원 등)에게는 화를 내지 못하고 미약한 대상들(설렁탕집 주인, 야경꾼, 이발쟁이 등)에게만 화를 내고 있다고 고백해요. 이는 정당한 화라기보다는 화풀이에 가깝습니다. 그런 자신의 모습에 부끄러움을 느낀 화자는 자신이 "암만해도 조금쯤 옆으로 비켜서 있다"고 합니다. 똑바로 서지도 못하고 절정에 발을 제대로 딛지도 못한 채 '비켜서 있는' 자신이 얼마나 작고 초라한지 자조하며 시는 끝을 맺습니다.

살아가는 동안 화를 내야 하는 상황은 무궁무진합니다. 화라는 감정 자체는 결코 나쁜 게 아니에요. 인간의 일곱 가지 감정 '희노애락애오욕' 중에서도 화를 나타내는 '노'가 두 번째입니다. 그만큼 화는 인간의 기본적인 감정이에요. 하지만 그것을 어떻게 표출하느냐에 따라 화는 아주 나쁜 감정이 될 수도 있습니다.

화를 잘 다스리려면 화가 난 지점을 정확하게 이해해야 합니다. 자신보다 약한 존재에게 '화풀이'를 함으로써 해소할 것이 아니라 화난 지점을 건강하게 풀어나가야 해요. 화를 내야 하는 대상을 분명히 하고 대상에게 어떤 문제로 화가 났는지 정확하게 전달해야 하지요.

엄마가 된 후 제가 이렇게 화가 많은 사람인지 처음 알았어요. 정말 부끄러울 만큼 아이에게 자주 화를 냈어요. 돌이켜 생각해보면 아이에게 '화풀이'를 했다는 게 더 맞는 표현이에요. 아이가 저를 화나게 하는 경우보다 제 몸이 아이와의 시간을 즐기기 어려운 상태이거나 남편과의 냉전이 아이를 대하는 마음에까지 영향을 미친 경우가 더 많았어요. 물론 아이가 너무 떼를 부리거나 짜증을 내어 힘들게 할 때도 있었지만 어떤 날은 품 넓게 품어주었고, 어떤 날은 날을 세워 대했던 것은 결국 제 몸과 마음의 문제였어요. 확실히 건강한 화가 아니라 화풀이였습니다.

"엄마! 엄마는 가르쳐준다고 하면서 왜 자꾸 화를 내?"

밀린 집안일 때문에 몸은 지쳤고 남편은 늦게 퇴근하는 날인 데다가 아이는 제 말에 순순히 따라주지 않았어요. 당시의 모든 상황이 스스로 감당하기 어려울 만큼 버거운 날이었습니다. 아이니까 당연히 할 수 있는 실수에도 날이 섰어요. 말로는 아이의 잘못된 행동을 지적하며 "그렇게 행동하면 안 되기 때문에 엄마가 가르쳐주는 거야"라고 했지만 말에 담긴 감정은 분명히 화였어요. 아이가 왜 말과 감정이 다르냐고 꼭 집어 말하는데 정말 할 말이 없더라고요. 순간 부끄러움이 밀려왔어요.

그날, 잠자리 책 읽기 시간에 아이와 함께 루이즈 그레이그의《나쁜 기분이 휘몰아칠 때》라는 그림책을 읽었습니다. '화'를 다룬 그림책이에요. 주인공 에드는 처음부터 잔뜩 화가 난 상태로 등장합니다. 처음에는 작은 화로 시작했지만 표출하면 할수록 화는 거대해져요. 끝내 마을 사람들과 집들을 몽땅 휩쓸어버리고 말지요. 그쯤 되자 에드는 정말 그랬어야 했나 고민해요. 그제야 에드는 자신이 선택할 수 있었음을 깨닫습니다. 다시 작은 바람이 불어오고 화는 차츰 가라앉아요. 화를 어떻게 다스려야 할지, 화는 어떻게 표현해야 할지를 잘 보여주는 그림책입니다.

아이에게 아까 엄마의 마음 상태가 꼭 '에드' 같았다고 고백했습니다. 잘못된 행동을 바르게 가르쳐준다고 했었지만 사실은 너무 화가 나서 견딜 수가 없었다고, 막 화를 내고 싶었다고요. 아이는 더 어른스럽게 자기도 그럴 때가 있다며 저를 다독여주었어요. 앞으로 나쁜 마음이 휘몰아칠 때 어떻게 하면 좋겠는지 이야기를 나눴습니다.

아이는 자기의 화가 진정되지 않을 때 엄마가 자기를 꼭 안아주었으면 좋겠다고 말했어요. 그러면 화난 마음이 조금 가라앉을 것 같다고요.

"엄마는 어떻게 하고 싶어?"

"엄마는……."

"엄마도 내가 세게 꼭 안아줄게. 엄마가 우리한테 막 소리 지를 때 있잖아. 그때는 내가 꼭 안아줄 거야. 그럼 엄마도 진정이 되겠지?"

머뭇거리는 제게 아이가 명쾌한 답을 주었어요. 얼굴이 화끈거렸습니다. 역시 아이와 대화를 하다 보면 저를 돌아보게 됩니다. 조금은 더 나은 어른이 되어요.

제대로
부끄러워할 줄 아는
어른으로

윤동주
〈참회록〉

‘부끄러움’에는 두 가지 의미가 있습니다. 첫 번째는 ‘양심에 거리끼어 볼 낯이 없거나 매우 떳떳하지 못하다’, 두 번째는 ‘스스러움을 느끼어 매우 수줍다’입니다. 두 가지 중에서 제가 아이와 나누고 싶은 부끄러움은 첫 번째예요. 바로 양심에 반하는 행동을 저지른 후에 느끼는 부끄러움입니다.

뉴스나 기사를 보다 보면 근래에는 부끄러움을 모르는 사람들이 참 많다는 생각이 절로 듭니다. 음식을 먹고 음식값을 지불하지 않고 도망가는 사람이 있는가 하면, 멀쩡한 제품을 배송 받고도 불량품이 왔다며 도리어 환불을 요구하는 이도 있고, 잘못을 저지르고도 술을 마셔서 기억이 나지 않는다며 변명으로 일관하는 사람도 있지요. 뉴스까지 운운하지 않더라도 주변에서 너무 자주 볼 수 있어요. 자기가 먹고 난 과자 봉지를 아무런 거리낌 없이 바닥에 던져 버리는 사람이나, 멀쩡하게 신호등이 있음에도 무단 횡단 또는 신호 위반을 아무렇지 않게 하는 사람들, 장애인 주차 구역에 버젓이 주차한 비장애인 차량 등. 결국은 모두 '부끄러움'을 몰라서 저지르는 일이 아닐까요.

부끄러움을 느끼려면 '양심'이 자극되어야 합니다. 이 양심은 결국 '도덕적 가치 판단이 가능한가'와 관련이 있어요. 가치 판단이 분명해 양심이 자극될 일 없이, 즉 부끄럽지 않게 살 수 있다면 더없이 좋은 삶이겠지요. 그러나 살아가는 동안 부끄러운 일이 한 번도 없을 수야 있을까요. 그런 일이 없기를 바라는 것이 욕심이라면 부끄러워야 할 순간에 제대로 부끄러워할 수 있는 게 더 바른 삶의 모습일지도 모릅니다.

파란 녹이 낀 구리 거울 속에
내 얼굴이 남아 있는 것은
어느 왕조王朝의 유물遺物이기에
이다지도 욕될까

126

나는 나의 참회懺悔의 글을 한 줄에 줄이자
―만 이십사 년 일 개월을
  무슨 기쁨을 바라 살아왔던가

내일이나 모레나 그 어느 즐거운 날에
나는 또 한 줄의 참회록을 써야 한다.
―그때 그 젊은 나이에
  왜 그런 부끄런 고백을 했던가

밤이면 밤마다 나의 거울을
손바닥으로 발바닥으로 닦아보자.

그러면 어느 운석隕石 밑으로 홀로 걸어가는
슬픈 사람의 뒷모양이
거울 속에 나타나 온다.

_ 윤동주, 〈참회록〉

〈참회록〉은 화자가 느끼는 부끄러움이 전면에 드러난
시입니다. 화자는 자기 얼굴이 '욕되다(부끄럽고 치욕적이
며 불명예스럽다)'고 표현해요. 그러고는 부끄러움의 일기

"만 이십사 년 일 개월을/무슨 기쁨을 바라 살아왔던가"
를 씁니다. 하지만 훗날 지금의 일기를 보면 "그때 그 젊
은 나이에/왜 그런 부끄런 고백을 했던가"라고 다시 참회
록을 써야 할 것 같다는 생각을 합니다. 그래서 화자는 밤
마다 거울을 닦아요. 자신의 '욕된' 얼굴이 고스란히 비치
던 거울을요. 여기서 거울을 닦는 행동은 자기반성, 자아
성찰의 행동이라고 할 수 있어요. 어느 순간 거울 속에 욕
된 자기의 얼굴은 사라지고 혼자서 꼿꼿이 걸어가는 슬픈
사람의 뒷모습이 비칩니다.

　'부끄러움'은 윤동주 시인의 시에서 가장 빈번하게 등
장하는 정서입니다. 그의 시에서 다루어지는 부끄러움은
시대적 상황과 분리해서 생각할 수 없습니다. 일본 제국
주의의 지배 아래에서 지식인으로 선택할 수 있는 길은
저항, 동조, 도피 정도였을 겁니다. 윤동주는 동조하지 않
았고 도피하지 않았습니다. 독립투사들처럼 폭탄을 안고
적의 심장에 뛰어들지는 않았지만 (당시 일본 유학을 떠나
는 등의) 자기 행적을 끝없이 반성하고 부끄러워했어요.

　적극적인 행동을 하지 않았으니 저항하지 않은 것이
아니냐 하실지도 모르겠습니다만, 윤동주 시인처럼 자신
의 상황을 끝없이 돌아보는 것 또한 저항의 한 모습으로

볼 수 있어요. 적극적 저항, 소극적 저항으로 구분하기도 하지만 저는 시인이 시에서 보여준 부끄러움 앞에 '소극적'이라는 표현을 쓰기가 어쩐지 망설여져요. 신념을 지키는 방법이 달랐을 뿐 저마다의 상황에서 일제의 횡포를 견디며 어려운 시기를 버틴 것은 분명 저항의 한 형태였습니다.

이 시대를 사는 우리가 윤동주 시인이 느꼈던 시대적 부끄러움 같은 거대한 부끄러움을 느낄 일은 많지 않습니다. 우리가 느끼는 부끄러움은 대체로 개인적인 양심과 관련된 일이에요. 사소하지만 법의 테두리를 벗어나는 일, (법에 명시되어 있지는 않지만) 암묵적 약속인 도덕적 가치를 저버리는 일 등입니다. 그런 일 앞에서 우리는 분명한 '부끄러움'을 느껴야 한다고 생각해요. 그 부끄러움에 둔감해지면 작은 잘못('작은'이라는 수식이 적절할지 모르겠습니다만)을 저지르는 일은 너무도 쉬워질 테니까요.
그래서입니다. 아이들에게 자꾸만 제약을 걸어요. 도덕적으로 옳고 그름을 생각하기 시작하고 사회적 규칙을 하나둘씩 배워가는 아이들에게 되고 안 되는 일을 좀 엄하게 가르칩니다. 그랬더니 아이들이 동네 보안관이 되어가요.

"엄마, 저 누나 빨간불에 건넜어!"

"엄마, 저 형아 아이스크림 껍질 그냥 바닥에 버리고 갔어."

"엄마, 저 아저씨는 왜 오토바이 타는데 헬멧을 안 썼어?"

"엄마, 강아지 똥 쌌는데 저 아줌마 그냥 간다."

우리 집 두 아이는 겁이 많고 소심한 면이 있어서 직접적으로 어떤 행동을 하지는 않습니다. 다만 그런 상황을 만나면 쪼르르 제게 달려와 일러줍니다. 아이들 말에 맞장구를 치면서 다른 사람이 버리고 간 쓰레기를 아이와 함께 줍기도 하고, 같은 상황에서 우리가 어떻게 행동해야 할지 이야기를 나누기도 해요.

표도르 도스토옙스키의 《죄와 벌 1》에는 "양심이 있는 자는, 자신의 오류를 의식한다면, 괴로워하겠죠. 이게 그에겐 벌입니다. 징역과는 별개로."◆라는 문장이 나옵니다. 양심이 있는 자가 어떤 잘못을 저질렀을 때 부끄러움

◆ 표도르 도스토옙스키, 《죄와 벌 1》, 김연경 옮김, 민음사, 2012, 476쪽

을 느끼고 괴로워하는 일. 그것은 물리적 징역과 별개로 주어지는 정신적 벌입니다. 정신적 벌은 스스로 내리는 벌이에요. 누구도 대신해줄 수 없습니다. 어쩌면 물리적 징역보다 더 가혹할지도 몰라요. 그것을 아는 사람은 양심에 반하는 부끄러운 행동을 덜 저지르게 되겠지요.

이렇게 말하면서도 어딘지 불편한 마음이 드는 이유는 저 또한 부끄러움을 느낄 만한 일을 별생각 없이 저지른 적이 있기 때문일 겁니다. 아이들보다 먼저 부끄러움을 아는 어른이 되어야겠어요. 그냥 아는 어른 말고 '제대로 부끄러워할 줄 아는' 어른이요.

제 3 부

짜증 괴물을 물리치는 참 좋은 말

말·행동 표현력

아이의
눈높이에서
대화해요

이상국
〈달이 자꾸 따라와요〉

저는 아이들과 대화를 많이 나눕니다. 아이가 태어난 지 얼마 지나지 않았을 때는 너무도 작은 아이의 얼굴에 눈, 코, 입이 다 들어 있는 게 신기해서, 말캉말캉한 아이의 손가락과 발가락이 정말 귀여워서, 종일 종알종알 아이 곁에서 혼자 떠들었어요. 아이의 옹알이를 제멋대로 해석하면서 아이와 대화한다는 착각에 행복했습니다. 아이가 말하기 시작하면서부터는 아이가 제 말에 말로 답하는 게 감동적이어서, 아이와 내가 눈빛과 몸짓이 아닌 말로 소통할 수 있다는 게 신비로워서 종일 아이와 함께 떠들었지요. 그러다 보니 아이와의 대화가 일상이 되었고 자연스러워졌습니다. 아이는 저와 대화를 하며 새로운 말을 배웠고, 가끔은 어디서 저런 말을 배웠을까 싶은 말로 저를 놀라게 했어요.

세상이 궁금한 아이와 아이 마음이 궁금한 엄마의 대화는 대체로 쓸데없지만 꽤 시적입니다. 저는 아이가 묻는 말에 아주 엉뚱한 대답을 하거나 제 쪽에서 먼저 뜬금없는 질문을 던지기도 해요. 아직 논리적이지 않은 아이는 언제나 기대 이상의 질문과 답을 하고, 이에 질세라 저는 아이의 시선에서 생각하고 말하려고 노력하지요. 아이의 지적 호기심을 제대로 채워줘야 한다고 생각하는 분들에게는 말 그대로 쓸데없는 대화일지도 모르지만 저는 우리의 시적인 대화가 더없이 좋습니다.

어린 자식 앞세우고
아버지 제사 보러 가는 길

―아버지 달이 자꾸 따라와요
―내버려둬라
　달이 심심한 모양이다

우리 부자가 천방둑 은사시나무 이파리들이 지나가는 바람에 솨르르솨르르 몸 씻어내는 소리 밟으며 쇠똥냄새 구수한 판길이 아저씨네 마당을 지나 옛 이발소집

담을 돌아가는데

아버짓적 그 달이 아직 따라오고 있었다

_ 이상국, 〈달이 자꾸 따라와요〉

〈달이 자꾸 따라와요〉에는 밤길을 함께 걷는 아들과 아버지의 짧은 대화가 등장합니다. 달이 자꾸만 따라온다는 아들의 말에 아버지는 달이 심심한가 보다고 답해요. 두 사람이 걷는 길의 모습과 그 뒤를 따르는 달의 모습이 한 편의 동화나 한 폭의 그림 같습니다. 달이 왜 따라오는지 구구절절 설명하지 않고, 무슨 쓸데없는 소리냐 면박주지 않으며, 아이다운 질문을 무시하지 않는 아버지의 태도로 추측건대 두 사람에게 그런 대화는 익숙한 것 같아요. 아이의 마음을 고스란히 받아 한 치도 상하지 않게 돌려주는 아버지의 마음에는 무엇에도 비할 수 없는 애정이 담뿍 담겨 있습니다.

아이와 대화하려면 어른이 움직여야 해요. 아이가 아무리 까치발을 들어도 어른의 눈높이를 맞출 수는 없거든요. 하지만 어른이 몸을 낮추면 아이와 눈높이를 맞출 수 있지요. 아이의 눈높이에서 전개되는 대화를 어른의 눈높이로 대하는 순간, 아이와 어른의 대화는 이어질 수 없습니다.

아이와의 대화는 쓸모와 관련이 없어요. 현실보다는 비현실에, 실제보다는 상상에, 과학보다는 문학에 가깝습니다. 창의력 교육이 특별한 것일까요. 비현실과 상상의 세계를 자유자재로 오가는 아이들과 문학적 대화를 이어가는 것, 그거면 되지 않을까 생각해봅니다.

봄바람이 제법 차게 불던 날이었습니다. 손을 잡고 걷던 둘째가 갑자기 손을 놓더니 마스크를 내렸어요.

"봄아, 바람이 너무 차가운데?"

"나 지금 바람 먹는 거야."

"바람을 먹는 거야?"

"응! 엄마도 먹어봐!"

"그럴까? 그런데 바람은 어떤 맛이야?"

"음……. 꽃잎 맛!"

아이는 바람에서 꽃잎 맛이 난다고 했어요. 그러고 보니 바람에 봄꽃 향기가 실려 있었습니다. 아이는 어쩜 그런 표현을 아무렇지도 않게 하는지요. 향기는 코로, 맛은 입으로, 촉감은 피부로, 소리는 귀로, 보이는 것은 눈으로 공식처럼 정해진 대로만 느끼던 세상을 아이 덕분에 완전히 다른 감각으로 느꼈습니다.

"봄아, 꽃잎 맛은 어떤 맛이야?"

"초록 맛이고, 빨간 맛이야. 햐얀 맛도 나고, 분홍 맛도 나."

"와, 꽃잎의 빛깔이랑 똑같네."

"엄마, 저기 보이지? 저 하얀 꽃. 저 꽃이 바람 맛을 만들었나 봐."

"진짜 그런가 보다! 우리 바람 맛 만든 꽃들 더 찾아볼까?"

그날 저는 세 살 난 둘째와 계획에 없던 봄꽃 탐방을 했습니다. 아이가 잠든 후 아이의 말을 고스란히 담아 시한 편을 썼어요.

휘이잉――― 휘잉―――

바람이 분다

아――――――

입을 한껏 벌려

꿀꺽, 꿀꺽, 꿀꺽,

바람을 삼킨다

꽃잎 맛이 난다

초록 맛 빨간 맛 하얀 맛 분홍 맛

빛깔도 참 고운

바람의 맛

봄바람,

참 맛나다

_ 허서진 자작시, 〈바람의 맛〉

　그날 이후로 바람이 많이 불어오는 날이면 아이에게
'바람의 맛'을 물었습니다. 한동안은 그날의 기억이 있는
지 '꽃잎 맛'이 난다고 하더니 언제부터인가 "바람의
맛?" 하고 되묻더군요. 그럴 때면 아이의 말을 받아쓴 시
를 읽어주었어요.

　"아, 바람의 맛! 엄마! 나 이제 생각났어. 우리 오늘도
바람 먹으러 갈까?"

　"그래, 나가보자! 바람 먹으러."

　"엄마, 오늘 바람은 무슨 맛일까?"

　"그러게, 무슨 맛일 것 같아?"

　"오늘은…… 하늘이 파라니까, 파란 맛?"

이런 대화가 언제까지 가능할까요. 아이는 조금씩 세상을 논리와 이치에 맞게 배워나갈 테고 언젠가는 바람에 꽃잎 맛이 나는 게 아니라 바람에 꽃향기가 실려서 온다고 말하겠지요. 그런 날이 오면 아이의 말로 쓴 〈바람의 맛〉을 꺼내어 보이고 싶습니다. 네가 한때 바람의 맛을 보던 '아이'였다고. 그런 감각적인 시간들이 켜켜이 쌓여 지금의 네가 되었다고 말해주고 싶어요.

아마 그렇게 먼 훗날은 아니겠지요. 그때를 위해 아이 사진으로 빼곡한 앨범을 만들 듯 아이의 말로 빼곡한 기록을 남겨요. 5세 이전의 기억을 갖고 사는 사람은 거의 없지만 내 아이의 5세 이전을 잊고 사는 부모 또한 거의 없으니까요. 아이의 가장 순수하고 문학적인 시절을 기억합니다. 세상 유일한 레코드가 되어서요.

'참 좋은 말'을
합니다

천양희
〈참 좋은 말〉

우리말 속담에는 '말'에 관한 것이 무척 많습니다. 말한마디에 천 냥 빚도 갚는다, 발 없는 말이 천 리 간다, 가는 말이 고와야 오는 말도 곱다, 말이 씨가 된다, 가루는 칠수록 고와지고 말은 할수록 거칠어진다……. 말에 관한 속담이 많은 것은 그만큼 말이 중요하기 때문입니다. 말하는 것을 보면 그 사람이 보인다는 말이 괜히 나오지 않았겠지요.

어릴 때는 누군가에게 상처 주는 말도 많이 했어요. 지금 와서 생각하면 너무 부끄러운 기억이지만 욕도 잘했던 것 같아요. 말이 곧 '나'라는 생각을 한 순간부터 말을 무척 조심했어요. 국어 교사가 된 후에는 더 신경을 쓸 수밖에 없었습니다. 특히 학생들을 대할 때는 자기 검열을 하면서 말을 뱉을 만큼 말에 예민한 편이에요. 적어도 학생들에게 말로 상처를 주는 교사는 되지 않아야겠다는 나름의 신념이 있거든요.

두 아이가 말을 배우기 시작하면서 말에 관한 예민함은 극에 달했어요. 아이들이 바르고 고운 말을 하기를 바랐습니다. 제 과거는 까마득히 잊고 아이들에게 좋은 말, 예쁜 말만 가르쳤어요. 아이들이 어린이집과 유치원에 가기 시작하면서 아이들의 언어를 모두 통제할 수는 없지만 그래도 말을 함부로 해서는 안 된다는 것만은 철칙으로 삼고 가르치려고 노력하고 있어요.

내 몸에서 가장 강한 것은 혀
한잎의 혀로
참, 좋은 말을 쓴다

미소를 한 육백 개나 가지고 싶다는 말
네가 웃는 것으로 세상 끝났으면 좋겠다는 말
오늘 죽을 사람처럼 사랑하라는 말

내 마음에서 가장 강한 것은 슬픔
한줄기의 슬픔으로

참, 좋은 말의 힘이 된다

바닥이 없다면 하늘도 없다는 말
물방울 작지만 큰 그릇 채운다는 말
짧은 노래는 후렴이 없다는 말

세상에서 가장 강한 것은 말
한 송이의 말로
참, 좋은 말을 꽃피운다

세상에서 가장 먼 길은 머리에서 가슴까지 가는 길이
란 말
사라지는 것들은 뒤에 여백을 남긴다는 말
옛날은 가는 것이 아니라 이렇게 자꾸 온다는 말

_ 천양희, 〈참 좋은 말〉

〈참 좋은 말〉은 말에 관한 시예요. "몸에서 가장 강한
것은 혀"라고 단정적으로 말하고 있습니다. '세 치 혀가
사람 잡는다'는 속담이 있듯이 혀는 몸 전체로 보자면 아
주 작은 부위지만 그 힘은 실로 어마어마해요. 혀로 만들

어내는 말이 "미소를 한 육백 개나 가지고 싶다는 말/네가 웃는 것으로 세상 끝났으면 좋겠다는 말/오늘 죽을 사람처럼 사랑하라는 말"처럼 따뜻한 사랑의 말들이기를 바랍니다. 자기가 겪은 '슬픔'으로 다른 사람을 위로하는 '참 좋은 말'을 하기를 바라요. 낮고(바닥), 작은(물방울) 것은 보통의 기준에서는 하찮은 것들입니다. 그러나 이것들은 모두 힘이 세요. 바닥이 없으면 하늘도 없고, 물방울이 없으면 큰 그릇도 못 채우니까요. 혀도 그렇습니다. 작은 부위이지만 아주 힘이 셉니다. 그러니 이 혀로 '참 좋은 말'만 해야 하지 않을까요.

유치원에 다녀온 아이가 무슨 일로 화가 났는지 하원 길 내내 기분이 좋지 않았습니다. 왜 그러는지 물어도 짜증만 낼 뿐 정확하게 말을 하지 않았어요. 대신 "진짜 나빠! 때릴 거야. 나는 이제 망했어!"라는 말을 되풀이하더라고요. 저는 무척 놀라고 당황했습니다. '때릴 거야'라는 공격적인 말도, '나는 이제 망했어!'라는 자조 섞인 말도 평소에 아이가 하지 않던 말이었거든요.

집에 와서도 한참을 예민하게 굴던 아이는 스스로 마음을 가라앉히고 이야기를 시작했습니다. 유치원에서 친구들과 놀다가 갈등 상황이 있었나 봐요. 아이 말로는 그 친구가 이유도 없이 자기를 밀었고 너무 화가 나서 같이 밀었는데 선생님께 함께 혼이 났다고 하더라고요. 아이 친구 이야기는 듣지 못했으니 속단할 수는 없지만 그 상황에서 아이는 마음이 많이 상했던 모양이에요. 한참을 아이 이야기를 들어주었습니다. 말로 마음을 털어낸 아이의 표정이 조금은 가벼워 보였어요.

　잠자리 대화에서 슬쩍 이야기를 꺼냈습니다. '때릴 거야'라는 마음이 들었던 건 화가 나서 그랬냐고 물었어요. 아이는 맞다고 대답했습니다. 그럼 '망했다'라는 말에는 어떤 마음이 있었냐고 물었어요. 아이는 망했다는 게 무슨 말인지 정확히 모르고 있었습니다. 다만 친구가 화가 났을 때 '망했다'고 소리 지르는 것을 들었대요. 그래서 그 말을 따라 했다고 하더라고요.

　"사랑아, 누구나 화가 날 수 있어. 하지만 화가 난 마음을 '때릴 거야'라고 표현하면 친구는 네가 자기를 공격한다고 느낄 수 있어."

　"친구한테는 그런 말 안 했어. 집에 오는 길에만 한 거야."

　"그랬다면 다행이고. 네가 화난 마음은 '화났다'고 표현하는 게 좋아. 또 망했다는 표현도 좋은 뜻이 아니야."

"무슨 뜻이야?"

"망했다는 건 뭔가가 끝장이 났다는 거야. 다시 되돌릴 수 없고 완전히 잘못된 상황으로 끝나 버렸을 때 '망했다, 망했어!'라고 표현해. 사랑이 오늘 마음이나 상황이 그 정도로 격했던 걸까?"

"아니야, 나는 무슨 뜻인지 모르고 친구가 화낼 때 쓰는 말이라서 따라 했어."

그날 밤은 잠드는 시간이 늦어지더라도 이야기를 더 나눠야겠다는 생각이 들었습니다. 그냥 하면 지루한 잔소리가 될까 봐 고민이었는데 그림책 한 권이 떠올랐어요. 바로 브랜든 월든의《씨앗과 나무》입니다. 이미 아이와 여러 번 읽은 그림책이지만 상황이 딱 맞아떨어지니 더 많은 이야기를 나눌 수 있겠다 싶었어요.

《씨앗과 나무》는 특별한 왕자의 이야기를 담고 있습니다. 왕자는 항상 가방을 메고 다니면서 씨앗을 모아요. 씨앗은 모두 누군가의 말입니다. 좋은 말을 하는 사람에게 받은 씨앗은 초록색이지만 나쁜 말을 하는 사람에게 받은 씨앗은 검은색입니다. 초록 씨앗에서 자란 나무는 편안함을 주지만 검은 씨앗에서 자란 나무는 가시투성이라 조금만 가까이 가도 고통을 주지요. 시간이 지나면서 초록 씨앗 나무는 계속 약해집니다. 검은 씨앗 나무들이 햇빛을 가리고 뿌리를 갉아 먹었거든요. 왕자는 언제나 좋은 말을 하는 올리라는 친구의 도움을 받아 검은 씨앗 나무들의 뿌리를 모두 파냅니다. 그제야 숲은 생명력이 가득한 초록 나무로 가득 찹니다.

"엄마, 오늘 내가 한 말은 검은 씨앗 나무였겠네."

"음, 그랬을 것 같지?"

"엄마, 우리 나무 그려보면 어때?"

"갑자기 나무?"

"응, 나무 그려서 내가 좋은 말 하면 초록 열매 그리고, 나쁜 말 하면 검은 열매 그리는 거야."

"와, 어떻게 그런 생각을 했지? 지금 당장 해보자!"

아이와 함께 스케치북 한 장을 찢어 나무를 큼직하게 그렸어요. 이 나무에는 예쁘고 싱싱한 열매만 열리면 좋겠다는 소망도 빌었습니다.

"엄마, 사랑해. 이건 좋은 말이지?"

"정말 좋은 말이지! 그럼 기념으로 초록 열매 하나 그리고 잘까?"

"좋아, 엄마!"

미안해,
관계를 지키는
말이에요

오은
〈많이 들어도 좋은 말〉

예전에 가르쳤던 제자에게서 아주 인상적인 말을 들었습니다. 그 말은 교직 생활에 터닝 포인트가 되기도 했지만 인생에도 큰 가르침을 주었어요. 당시에 제가 수업을 하면서 한 학생에게 말실수를 했던 적이 있어요. 상세한 내용까지는 기억이 나지 않습니다. 어쨌든 실수를 했으니 사과를 해야겠기에 학생에게 미안하다고 말을 했어요. 그렇게 지나간 일이었는데, 시간이 꽤 흐른 뒤에 오랜만에 연락이 온 제자가 그날의 이야기를 꺼내더라고요. (당사자는 아니었습니다.)

"선생님이 학생에게 진심으로 미안하다고 말씀하시는 모습이 엄청 인상적이었어요."

저는 그 말이 더 인상적이었습니다. 실수는 제 쪽에서 했고 그렇다면 사과하는 게 당연했는데 제자가 느끼기에 인상적인 일이었다니요. 그 말을 들은 후로 누군가에게 사과할 만한 상황이 오면 제자의 말이 떠올라요. 망설이던 마음에 마침표를 찍고 용기를 내어봅니다.

많이 들어도 좋은 말에 대해 생각한다
들을수록 깊어지는 말에 대해

잘했어, 잘했어, 잘했어……
잘했다는 말이 반복되니 다음에도 잘해야 한다는 부담
이 생겼다

고마워, 고마워, 고마워……
어떤 고마움은 반복되면 기계적으로 느껴진다

행복해, 행복해, 행복해……
매일 행복하다는 주문을 걸다 정작 커다란 행복이 찾
아왔을 때 당황하곤 한다

그리고 딱 한 번뿐이었어도 좋았을 말
미안해

깊이는 횟수와 상관이 없구나
목말랐던 어떤 말을 들으면
마음의 우물이 저절로 깊어진다

_ 오은, 〈많이 들어도 좋은 말〉

〈많이 들어도 좋은 말〉에는 네 가지 말이 나옵니다. '잘했어, 고마워, 행복해' 그리고 '미안해'예요. 화자는 '잘했어, 고마워, 행복해' 세 말이 많이 들어도 좋은 말이라 생각했지만 자꾸 듣다 보니 그렇지만은 않다고 말하고 있어요. '잘했어'는 부담이, '고마워'는 진심이 빠진 느낌이, '행복해'는 더 큰 행복을 당황스럽게 여기게 하는 마음이 든다고요. 그에 반해 '미안해'는 많이 듣지 않아도, 딱 한 번이어도 족하다고 합니다. "목말랐던 어떤 말을 들으면/마음의 우물이 저절로 깊어진다"라고 해요. 메마른 마음을 가득 채워주는 말은 횟수와 상관이 없어요. 진심을 담아 한 번이면 충분합니다.

일상을 돌아보면 '잘했어, 고마워, 행복해'라는 말도 자주 하기 쉽지 않아요. 칭찬의 말도, 감사의 말도, 행복의 말도 그럴진대 나의 잘못을 고백하는 사과의 말은 더 하겠지요. 아이들끼리 다툼이 있었을 때도 상황을 정리하면서 서로에게 미안하다고 말하라고 하면 쉽게 하지 못해요. 자기가 잘못했다는 것을 알아도 그 말을 하기까지는 엄청난 용기가 필요합니다.

'미안해'는 관계를 지키는 말이에요. 미안하다는 말이 필요한 상황은 당연하게도 갈등이나 실수, 잘못 등으로 인한 문제 상황이에요. 그 상황을 가장 매끄럽게 해결할 수 있는 말이 바로 '미안해'입니다. 물론 '미안해'에 진심이 빠져 있다면 하지 않는 것만 못하겠지요. 비아냥거리거나 무책임한 태도의 '미안해'는 상대에게 더 큰 상처를 줄 수 있습니다. 어떤 말에도 진심이 빠져서는 안 되겠지만 '미안해'만큼은 진심을 넘치도록 꾹꾹 눌러 담아야 해요. 진심이 담긴 '미안해'의 힘은 실로 어마어마해서 오래 묵은 갈등을 단번에 해결하기도 하고, 사소한 실수나 잘못은 없던 일처럼 만들 수도 있습니다.

정여울의 《나를 돌보지 않는 나에게》는 작가가 경험한 여러 심리적 상처를 다룬 에세이입니다. 그중에서 가족 간에도 사과할 수 있는 용기가 필요하다는 내용이 있어요. 작가는 실제로 동생에게 과거 자신의 이기적인 행동을 용기 내어 사과했다고 해요. 그 일을 계기로 둘은 진심을 나눴고 서로를 더 깊이 사랑할 수 있게 되었다고 합니다. "미안하다는 말은 절대로 늦는 법이 없다"◆라는 문장에 절로 고개가 끄덕여졌어요.

책 속의 문장처럼 미안하다는 말은 늦는 법이 없어요. 그게 언제든 진심을 담은 '미안해'는 상처를 치유합니다. 어긋난 관계를 바로잡는 첫 단추예요. 미안하다 사과할 만한 일이 애당초 없다면 좋겠지만 타인과 관계를 맺고 살아가는 이상 그것은 불가능합니다. 다른 사람과 한 공간을 쓰고, 같은 시간을 보내면서 갈등이 없다는 게 오히려 이상하지 않나요? 상대가 내 아이라도 마찬가지입니다. 부모도 아이에게 사과할 수 있어야 해요. 아니, 진심을 담아 사과하는 방법은 부모에게서 배워야 한다고 생각합니다.

아이와 매일 하는 잠자리 대화 중이었습니다. 유치원에서 있었던 일들을 미주알고주알 말하던 아이가 뜬금없이 이런 말을 했어요.

"엄마, 나는 친구들이 내 놀이를 방해하거나 내가 얘

◆ 정여울, 《나를 돌보지 않는 나에게》, 김영사, 2019, 46쪽

기하는데 막 끼어들면 화가 나."

아이가 속상했던 일들을 털어놓으려나 싶어서 졸린 눈에 힘을 주며 대화를 이어갔습니다.

"그래서 친구들에게 화를 내?"

"응, 나는 엄청 무서운 친구야. 친구들이 그러면 내가 엄청 무섭게 혼내."

"근데 사랑아, 같은 친구들끼리 혼을 낸다는 건 좀 이상한 것 같아. 사랑이가 화가 날 수는 있는데 막 소리를 지르거나 무섭게 표현하지 말고 그러지 말라고 분명하게 말해주는 건 어때?"

"엄마도 안 그러잖아. 엄마, 내가 왜 무서운 친구가 됐는지 알아? 엄마한테 많이 혼나 봐서 그래. 나도 원래는 무서운 친구가 아니었는데 엄마한테 엄청 무섭게 혼나 보니까 나도 친구들한테 그렇게 하게 됐어."

예상치 못한 전개에 당황했어요. 부끄러움과 민망함이 동시에 밀려오는데 어찌할 바를 모르겠더라고요. 솔직히 고백하자면 대충 얼버무리고 얼른 아이를 재우고 싶었습니다. 아마 아이는 얼마 전에 크게 혼난 일을 떠올리는 것 같았습니다. 그때는 아이가 잘못을 하기도 했지만 그 잘못을 뛰어넘을 만큼 제 감정이 격해져서 아이를 몰아붙

였어요. 물론 그 일이 있었던 당시에도 아이에게 진심을
다해 사과했지만 아이에게는 그날의 기억이 상처와 두려
움으로 크게 남은 듯했습니다.

"사랑아, 엄마가 네 얘기를 들으니 정말 미안한 마음
이 든다. 사랑이가 엄마한테 화내는 법을 배워서 친구들
에게도 무섭게 한다니 엄마가 너무 부끄러워."

"엄마 그때 진짜 무서웠어."

"엄마가 다시 사과할게. 진짜 진짜 미안해."

"엄마가 무섭게 화를 안 내면 좋겠어."

아이는 힘줘 말했습니다. 몸을 아이 쪽으로 완전히 돌
려 누워 아이를 꼭 끌어안았습니다. 아이의 마음에 진 그
늘이 거두어질 수 있다면 뭔들 못 할까 싶었지요. 진심을
눌러 담아 미안하다고 속삭이며 아이를 안은 팔에 힘을
주었어요. 아이는 그대로 얼마쯤 있더니 이내 잠이 들었
습니다.

'미안해' 사과하는 말로 아이의 목마름이 채워졌을까
요, 아이의 우물은 조금 더 깊어졌을까요. 궁금한 밤은 아
이의 숨소리와 함께 깊어갔습니다.

위험한 장난은
하지 않도록
잘 일러주세요

박성우
〈삼학년〉

　　　　　　　　　　　　♀

　첫째 아이가 다섯 살, 둘째 아이가 세 살 때 있었던 일입니다. 아직도 그날, 그 장면이 너무 선명해요. 그날따라 몸이 너무 피곤해서 아이들 곁에서 잠깐 잠이 들었습니다. 얼마나 잤는지도 모르겠어요. 눈을 떴는데 뭔가 느낌이 싸했어요. 아마 아이를 키워보신 분들이라면 공감하실 겁니다. 밖은 고요한데 무슨 일이 벌어지고 있는 듯한 그 느낌!

　방문을 열고 나갔더니 두 아이가 후다닥 뛰어서 욕실로 들어갔어요. 거실을 보자마자 비명이 절로 나왔습니다. 거실이, 마룻바닥인 집의 거실이 물바다였거든요. 사건의 전말은 이러했습니다. 제가 잠이 들자 곁에서 놀던 두 아이는 이내 심심해졌어요. 둘은 거실로 나갔고 누가 먼저랄 것도 없이 욕실에 들어가 물장난을 했습니다. 욕실에서 하던 물놀이가 어떻게 거실까지 이어졌는지 몰라도 두 아이는 질세라 물을 퍼다 거실 바닥에 뿌리기 시작했습니다. 거실 바닥이 흥건해질 때까지요. 저는 그것도 모르고 정신없이 낮잠을 잤고요.

아이들은 제가 거실로 나오자 '얼음!'이 되었습니다. 물을 뿌릴 때는 마냥 재밌었겠지만 엄마의 굳은 얼굴을 보자 '이건 아니구나' 싶었겠지요. 사실 둘째는 아무 생각이 없었고 눈치를 살필 줄 아는 첫째는 저와 눈도 마주치지 못했어요.

"이게 뭐야! 누가 여기 이렇게 물을 뿌리랬어!"

치밀어 오르는 화를 주체하기 어려웠습니다. 화를 내야 할 상황이 아니라 왜 그러면 안 되는지 알려줘야 하는 상황임을 모르지는 않았어요. 그러나 그 순간에는 일단 화부터 났습니다. 미끄러운 바닥에서 아이들이 다치지 않은 것만으로도 다행스러운 일이었지만 그런 이성적인 판단을 할 겨를이 없었어요. 거친 손길로 아이들의 젖은 옷을 갈아입힌 뒤 씩씩거리며 바닥을 닦고 또 닦았습니다. 그러는 동안 두 아이는 슬금슬금 제 눈치를 살피다 기가 죽어서 방으로 들어갔어요.

미숫가루를 실컷 먹고 싶었다
부엌 찬장에서 미숫가루통 훔쳐다가
동네 우물에 부었다
사카린이랑 슈거도 몽땅 털어 넣었다
두레박을 들었다 놓았다 하며 미숫가루 저었다

뺨따귀를 첨으로 맞았다

_ 박성우, 〈삼학년〉

〈삼학년〉은 10년 전 첫 발령지에서 중학생들을 가르칠 때 만난 시입니다. 학생들은 이 시를 읽고 자기들이 벌인 온갖 장난을 다 쏟아냈어요. 달고나를 만든다고 부엌 바닥에 설탕을 다 쏟은 아이도 있었고, 그러다 국자를 태워 집에 불을 낼 뻔했다는 아이도 있었습니다. 그뿐일까요. 변기에 장난감을 넣어서 변기를 막히게 했던 사연과 동네 공터에서 불장난을 하다가 진짜 큰일이 날 뻔한 아이도 있었어요. 그때는 엄마가 되기 전이라 그런지 웃고 넘겼습니다만 이제는…… 아우, 생각만 해도 아찔하네요.

〈삼학년〉의 화자는 미숫가루가 마시고 싶다는 단순하고도 순진한 이유에서 우물에 미숫가루, 사카린, 슈거를

쏟아부었어요. 국그릇에 마시는 걸로는 부족하다 생각했
겠지요. 우물 가득한 물을 보니 이 정도면 충분히 먹겠다
싶었을 거예요. 두레박까지 놓여 있으니 금상첨화였겠지
요. 그런데 결론은 '미숫가루를 실컷 먹었다'는 아름다운
문장으로 끝나지 못했어요. 처음으로 뺨따귀를 맞고 맙니
다. 동네 어른들 입장에서는 얼마나 황당한 일인가요. 그
물을 길어다 빨래도 하고 밥도 해야 하는데 미숫가루와
사카린과 슈거라니요!

　　그래도 뺨따귀는 심하지 않나요. 왜 그러면 안 되는지
차근차근 알려주었어야 하잖아요. 뺨따귀를 맞고 나면 자
기가 벌인 장난이 왜 큰일인지 정확히 이해하기보다는 뺨
을 맞았다는 기억만 남을 테니까요.

　　이쯤 쓰고 보니 얼굴이 화끈거립니다. 눈치채셨겠지
만 저는 지금 뒤늦은 반성문을 쓰고 있어요. 1년 전 그날
로 돌아가서 아이들에게 불같이 화를 내고 거친 손으로
아이들의 옷을 갈아입히는 대신 좀 다르게 행동했다면 어
땠을까 생각해봐요.

　　"얘들아, 심심해서 그랬어? 그래도 바닥에 물을 이렇
게 뿌리면 안 돼. 미끄러져서 다칠 수 있고 다른 물건들도

물에 다 젖을 수 있어.”

단호하고 분명한 목소리로 말해줬다면, 그리고 아이들과 함께 물을 닦았다면 어땠을까 하고요. 아직도 그날 아이들이 슬금슬금 제 눈치를 보며 뒷걸음질 치던 모습이 눈에 선합니다. 안 보는 척하고 있었지만 곁눈질로 아이들을 보고 있었거든요. 혹시나 미끄러질까 하는 마음에서요. 내면에는 아이들을 걱정하는 마음도 없지 않았고, 미끄러지지 않아 다행이라는 안도감도 없지 않았는데 겉으로는 화만 냈으니…….

아이들에게는 그날의 일이 재밌게 놀았지만 그런 장난은 위험할 수 있다는 인식으로 남지 않았을 거예요. 그때 아이들의 나이가 다섯 살, 세 살이었으니 자기들은 잠자는 엄마를 깨우지 않고 즐겁게 놀았는데 잠에서 깬 엄마는 대뜸 화를 내고 무섭게 말했다고 생각했겠지요. 시에서처럼 뺨따귀를 안 때렸을 뿐 눈과 말로 때린 것과 다름없었습니다.

이 글을 쓰면서 아이들에게 물어보았어요. 그때의 일이 기억이 나는지요. 둘째는 “응? 뭐?”라고 되물었지만 첫째는 기억하더라고요. 대번에 나온 첫마디가 “엄마가 그때 엄청 무섭게 화냈잖아”였어요. 뒤늦은 감이 없지 않앉지만 첫째 아이와 그날 일에 대해 이야기를 나눴어요.

"엄마가 무섭게 화낸 기억만 있구나. 혹시 엄마가 왜 화가 났는지 알 것 같아?"

"우리가 물을 바닥에 다 뿌렸으니까. 엄마가 치우기 힘들어서 화난 거 아니야?"

"물론 치우기 너무 힘들었지. 그런데 그보다 그런 장난은 너희들이 다칠 수 있어서 위험하기 때문에 엄마가 더 놀랐던 거야."

"놀랐는데 왜 화를 내?" (이쯤에서 끙 소리가 절로 나왔습니다만.)

"그래, 엄마가 무턱대고 화내고 소리만 질러서 이제라도 사과할게. 그런데 물을 바닥에 뿌리는 건 물을 밟고 미끄러졌을 때 크게 다칠 수 있기 때문에 정말 위험한 거야. 그러니까 그런 장난은 하면 안 돼. 알았지?"

"알았어. 이제 안 하잖아."

아이는 시원하게 대답하더니 제 할 일을 하러 가버렸습니다. 그 자리에 혼자 남은 저는 어쩐지 민망하고 부끄러운 마음에 멍해졌어요. 아마 "놀랐는데 왜 화를 내?"라는 물음 때문이었겠지요. 정곡을 찔렸으니까요. 위험하면 위험하다 알려주고, 놀랐으면 놀랐다 말하면 되는 거였는데 무턱대고 화부터 냈던 지난날이 못내 후회되었습니다. 이제라도 아이와 그날 일을 허심탄회하게 이야기했으니 다행이라고 여겨야 했을까요.

대화 이후에도 아이들은 간혹 위험을 무릅쓴 장난을 합니다. 여전히 저는 화가 먼저 나지만 위험을 알려주는 일에 초점을 맞추려고 노력합니다. 아이들과의 대화를 통해 변화하는 건 어쩌면 아이보다 저 자신인 것 같네요.

"엄마,
내 마음에
짜증 괴물이 왔어요"

도종환
〈깊은 물〉

아이가 종일 짜증을 부리는 날이 있습니다. 그런 날은 짜증의 이유를 정확히 알 수 없어 답답하기만 합니다. 평소에 즐겨 입던 옷도 불편하다고 짜증을 부리고, 늘 잘 먹던 반찬도 먹기 싫다며 뱉어버립니다. 산책을 다녀와도 잠시뿐 집에 들어오는 순간부터 하나에서 열까지 마음에 안 드는 티를 팍팍 내고, 무엇 하나 제 뜻대로 되지 않는지 내내 성을 냅니다. 그런 날이면 엄마로서의 에너지도 금세 바닥을 쳐요. 처음 몇 번은 "우리 아들이 왜 짜증이 났을까?" "우리 딸이 왜 기분이 안 좋을까?"라며 달래기도 하지만 횟수를 거듭하면 인내심은 이내 바닥이 납니다.

그날도 그런 날들 중 하루였어요. 아이는 잠에서 깨면서부터 기분이 좋지 않았습니다. 밤새 꿈에서 어떤 일이 있었는지, 잠이 부족했는지 알 수 없었어요. 그저 아침에 눈을 뜨자마자 "엄마!"를 부르는 소리에 짜증 섞인 울음이 묻어 있다는 것만 알 수 있었습니다. 오늘 하루가 길겠다는 예감이 들었어요. 아니나 다를까 아이는 좀 괜찮아지는 것 같다가도 이내 짜증을 부렸습니다. 유난히 제게만 더 그랬어요. 꼭 제 인내심을 시험하는 것처럼요. 결국 제 목소리의 데시벨이 높아지고 이에 질세라 아이의 짜증은 더 심해졌습니다. 누구 하나 백기를 들 때까지 대치 상황이 될 위기였어요.

"네가 짜증이 나는 이유는 너만 알잖아. 왜 짜증이 난 건데?"

"몰라, 모른다고! 모르겠어!"

"도대체 왜! 왜 이렇게 짜증을 부리는지 말을 해야 엄마가 알지!"

이대로 있다가는 아이에게 더 큰소리를 낼 것만 같아서 자리를 피했습니다. 잠시 동안 마음을 정리할 시간이 필요했어요. 엄마도 사람이라 계속해서 짜증으로 나를 대하는 사람과 함께하면 마음에 생채기가 나기 마련이니까요. 구석에 앉아 빨래를 갰어요. 구겨진 빨래를 쫙 펼쳐 반듯하게 개다 보면 잡념은 사라지고 마음도 좀 펴지는 기분이 들어서요. 한참을 빨래 개기에 집중하고 있는데 쭈뼛거리며 아이가 다가왔습니다. 제 마음도 좀 가라앉은 터라 아이와 대화를 좀 해봐야겠다 싶었어요.

"이제 짜증은 좀 가라앉았어?"

"엄마, 나 짜증 괴물이 왔었나 봐."

"짜증 괴물? 사랑이한테 짜증 괴물이 왔어?"

"응, 그런데 짜증 괴물은 몸 밖으로 오는 게 아니라 몸 안으로 와서 나도 잘 안 보이거든. 그래서 내가 왜 짜증이 났는지 나도 알 수가 없어."

아이의 말에 머리가 띵해졌습니다. 이유가 뭐냐고 다그치던 제 목소리가 떠올랐어요. 도대체 왜 이렇게 짜증을 내냐며 윽박지르던 제 표정도요. 아이는 '짜증 괴물'이라고 표현했습니다. 짜증은 자신도 알 수 없게 몸 안으로 슬쩍 들어오는 괴물 같은 녀석이라고요. 그러니 이유를 말하고 싶어도 말할 수 없었다고요. 우리는 짜증 괴물에 관해 대화를 나눴습니다.

"엄마, 짜증 괴물은 엄마가 화를 내면 더 커져. 엄마의 화내는 소리를 먹고 살거든."

"(어쩜 그런 표현을…….) 하아, 그랬구나. 엄마가 그런 생각을 못 했어. 사랑이가 짜증을 내니까 분명히 이유가 있을 거라고 생각했어."

"엄마는 그냥 짜증 날 때 없어?"

"있지, 있어. 생각해보니까 엄마도 별 이유 없이 짜증이 날 때가 있어. 피곤해서 그럴 때도 있고 뭔가 뜻대로 일이 안 되어서 그럴 때도 있고."

"근데 엄마, 짜증 괴물을 없애는 방법이 있어."

"그게 뭔데?"

"짜증 괴물은 엄마의 화를 먹고 커지니까 엄마가 부드럽게 말하고 따뜻하게 안아주면 배가 고파서 작아질 거야."

"아……. 엄마가 이제는 진짜 그럴게."

아이의 깊은 생각에, 탁월한 표현에 감탄한 날이었습니다. 꼭 그만큼, 좁디좁은 제 마음을 돌아보며 부끄러움을 느낀 날이기도 했어요.

물이 깊어야 큰 배가 뜬다
얕은 물에는 술잔 하나 뜨지 못한다
이 저녁 그대 가슴엔 종이배 하나라도 뜨는가
돌아오는 길에도 시간의 물살에 쫓기는 그대는

얕은 물은 잔돌만 만나도 소란스러운데

큰 물은 깊어서 소리가 없다
그대 오늘은 또 얼마나 소리치며 흘러갔는가
굽이 많은 이 세상의 시냇가 여울을

_ 도종환, 〈깊은 물〉

〈깊은 물〉은 저를 돌아보게 하는 시입니다. 깊고 넓은
엄마가 되고 싶었어요. 아이의 짜증쯤은 '아이니까 그럴
수 있지' '짜증을 내는 마음이 더 힘들지' 하고 품어줄 수
있는 엄마가요. 현실은 너무 달랐습니다. '네가 짜증을 내
니까 엄마도 짜증이 나잖아' '네가 이유도 없이 짜증을 내
니까 엄마도 이유 없이 소리를 지르게 되잖아' 아이의 감
정에 고스란히 휩쓸리는 얕고 좁은 엄마였어요.

깊은 물에 큰 배가 뜨는 것은 상식적인 일입니다. 찰방
거리는 얕은 물에는 겨우 나뭇잎이나 뜰까요? 술잔 하나
띄울 수 없어요. "그대 가슴엔 종이배 하나라도 뜨는가"
라는 화자의 질문에 뜨끔했습니다. 자잘한 돌멩이에도 소
란스러운 제 마음속을 돌아봅니다. 이토록 작은 아이의
짜증 하나에도 출렁이는 얕디얕은 제 마음을요.

아이가 무턱대고 짜증을 낼 때 무조건 달래고 얼러줘

171

야 하는 건 아니겠지요. 아이가 건강하게 짜증을 다스릴 줄 알도록 이끄는 것 또한 제 몫이 아닐까 고민했어요. 특별히 뭔가를 가르쳐야 한다기보다는 제가 짜증을 다스리는 법을 잘 보여주면 아이도 따라 배우지 않을까 생각했습니다.

그 후 별다른 이유 없이 짜증이 솟던 날, 아이에게 먼저 말을 해보았습니다.

"사랑아, 봄아. 오늘은 엄마가 이상하게 자꾸 짜증이 나네."

"왜?"

"몰라, 짜증 괴물이 왔나? 그래서 말인데 엄마가 오늘은 조용히 책을 좀 읽고 싶어. 엄마도 진정할 시간이 필요할 것 같아."

"얼마나 필요한데?"

"음, 지금 긴바늘이 12에 있지? 긴바늘이 6에 갈 때까지 기다려줄래?"

"알았어, 엄마. 짜증 괴물이 얼른 작아졌으면!"

긴바늘이 12에서 6까지 움직이는 동안 아이들은 잘 기다려주었습니다. 중간에 한두 번 와서 시계를 쳐다보고 가긴 했지만 저의 시간을 방해하지 않았어요. 그동안 저는 책을 읽으며 마음을 진정하겠다고 했지만 사실 저를 기다려주는 아이들의 마음 덕분에 짜증 난 마음을 진정할 수 있었어요. (솔직히 책은 눈에 잘 들어오지 않았답니다.) 그 뒤로도 가끔 그런 날들이 있었지만 매번 아이들이 잘 기다려주지는 않았습니다. 고백하자면 어떤 날에는 분 단위로 "엄마, 몇 분 남았어?"라며 재촉하는 통에 더 짜증이 났던 날도 있어요. 그럼에도 의미 있는 것은 아이들이 '짜증은 스스로 다스려야 하는 감정'임을 아주 조금씩 체득하고 있다는 사실입니다.

부끄럽지만 저도 아직은 짜증이 불쑥 솟아 아이들에게 쏟아내고는 후회하는 날이 더 많습니다. 그래도 전보다는 좀 더 깊은 물이 되어보려 애쓰고 있어요. 제가 먼저 깊어져야 아이라는 배를 큰 동요 없이 띄울 수 있을 테니까요. 안전하고 고요하게요.

실수도
아름다울 수
있어요

정현종
〈떨어져도 튀는 공처럼〉

"이거 다 찢어버릴 거야!"

아이가 애써 색칠한 캐릭터 그림을 찢겠다고 했어요. 한참을 집중해서 색칠하더니 테두리 바깥으로 색연필이 조금 튀어나왔다고요. 정말 애써 보려고 해야만 보일 정도로 조금이었는데 말입니다.

제 아이는 실수에 아주 민감한 아이예요. 괜찮다고 말해줘도, 같이 색칠을 하면서 일부러 튀어나오게 칠하는 모습을 보여줘도 소용이 없습니다. 완벽주의적인 성향이 있어서 자기가 생각한 대로 결과물이 나오지 않으면 견디기 어려워해요. 작은 실수도 하고 싶지 않아서 아예 시도하지 않는 쪽을 선택할 정도입니다.

애써 색칠한 종이를 제 손으로 찢겠다고 말하는 마음이 편하지는 않았을 겁니다. 그렇게 해서라도 실수를 없던 일로 여기고 싶었겠지요. 엄마 눈에는 잘 보이지도 않는다고, 너무 열심히 색칠한 건데 찢어버리면 속상하지 않냐고, 열심히 잘 칠했는데 작은 실수 때문에 모든 게 사라지면 아깝지 않냐고……. 무슨 말을 해봐도 아이는 단호했습니다.

"싫어! 찢어버릴 거야."

말을 끝내기 무섭게 아이는 애써 칠한 그림을 찢어버리고 말았습니다.

실수를 두려워하는 아이를 위해 그림책 한 권을 준비했어요. 코리나 루켄의 《아름다운 실수》입니다. 생각해보면 실수에 어울리는 수식어는 '치명적인, 뼈아픈, 돌이킬 수 없는, 기억하고 싶지 않은' 등입니다. 그런데 실수가 아름답다니! 제목에서부터 마음이 끌린 책이었어요.

《아름다운 실수》는 사람을 그리다 한쪽 눈을 잘못 그리는 데서 시작해요. 반대쪽 눈에 비해 너무 큰 점을 찍어버렸거든요. 이 잘못 찍은 점 하나를 수습하기 위해 안경을 그립니다. 잘못 그린 동물을 덮기 위해서는 그보다 큰 바위를 그려요. 땅에 닿지 않게 그린 발에는 롤러스케이트를 그려줍니다. 그렇게 처음 계획과는 달리 점점 더 새로운 형태의 그림을 그려나가고 마침내 그림을 완성합니다. 점 하나 잘못 찍었다고 실수라며 종이를 찢어버렸다면 끝내 만나지 못했을 멋진 그림을요.

"실수는 시작이기도 해요."◆

책의 마지막 문장입니다. 실수는 실패가 아니며 새로 시작할 수 있는 지점이라는 말이 너무 멋지지 않나요?

아이에게 그림책을 읽어주었더니 아이의 눈이 동그래졌어요. "엄마, 나도 그림 그리다 실수한 적 많은데! 나는 그때 다 찢어버렸지?"라며 자기가 먼저 말을 꺼내더라고요. 실수는 시작이라는 말을 아이와 곱씹으며 실수와 실패는 다르다고 말해주었습니다. 실수가 곧 실패는 아니며 책 속의 문장처럼 완전히 새로운 시작이 될 수도 있다고요. 아이가 제 말을 얼마나 이해했을지는 몰라도 그 순간 아이의 눈빛은 분명히 반짝였습니다.

> 그래 살아봐야지
> 너도 나도 공이 되어
> 떨어져도 튀는 공이 되어

◆ 코리나 루켄, 《아름다운 실수》, 김세실 옮김, 나는별, 2018, 56쪽

살아봐야지
쓰러지는 법이 없는 둥근
공처럼, 탄력의 나라의
왕자처럼

가볍게 떠올라야지
곧 움직일 준비되어 있는 꼴
둥근 공이 되어

옳지 최선의 꼴
지금의 네 모습처럼
떨어져도 튀어 오르는 공
쓰러지는 법이 없는 공이 되어.

_ 정현종, 〈떨어져도 튀는 공처럼〉

〈떨어져도 튀는 공처럼〉은 공의 속성으로 생을 살아
가는 방식을 노래하는 시입니다. 공의 속성은 튀어 오르
는 것이죠. 으레 '공'으로 태어났다면 튀어 올라야 하고
튀어 오를 수 있어요. 바닥까지 떨어지더라도 쓰러지기는
커녕 탄력을 받아 다시 제자리로, 때론 더 높이 튀어 오릅

니다. 몇 번이고 떨어져도 다시 튀어 올라요.

《아름다운 실수》를 읽고 나서 이 시를 읽으니 실수가 새로운 시작이 되어가는 과정이 탄력적으로 느껴집니다. 점 하나 잘못 찍었을 때 작은 실수를 실패로 여기고 좌절해버릴 수도 있었지만 안경을 그려주면서 그림은 새로운 방향으로 나아가요. 실수가 떨어짐이라면 새로운 시작은 튀어 오름입니다. 떨어짐과 튀어 오름은 분리해서 생각할 수 없어요. 떨어져야 다시 튀어 오를 수 있습니다. 실수해야 시작할 수 있고, 실수해야 나아갈 수 있어요.

얼마 전 유치원에 다녀온 아이가 상기되어 이야기를 시작했습니다. 내용은 친구와 둘이서 블록을 만들었다는 것이었어요. 그런데 이야기 끝에 저를 흥분시키는 단어 하나가 툭 튀어나왔어요.

"그래서 멋진 블록 많이 만들었어?"

"아니, 우리가 멋지게 만들어보려고 했는데 자꾸 실수했어."

아이 입에서 '실수했다'는 단어가 나왔을 때 제 마음에는 파도가 일렁이기 시작했습니다. 실수가 두려워 늘 도망 다니던 아이가 자기 입으로 실수했다 이야기한 적이 처음이었거든요. 이어진 말에는 끝내 울컥하고 말았어요.

"근데 우리가 다시 도전하고, 다시 도전하고 그랬어. 더 멋지게 만들어보려고."

아이는 자꾸 도전했다고 했습니다. 자꾸 실수하고, 그래서 무너질 때 속상하지는 않았냐고 했더니 다시 도전하면 되기 때문에 속상하지 않았다고 했어요. 일렁이는 마음을 다잡고 학교에서 만나는 고등학생들 이야기를 들려주었습니다. 고등학생쯤 되면 한 번의 실수가 실패로 이어지기도 한다는 사실을 경험한 경우가 꽤 많아요. 때문에 고등학생들은 정말로 실수를 두려워합니다. 실패할까 봐 시도조차 하지 않는 학생들이 너무나 많아요. 아이에게 엄마 학교에 그런 형아, 누나가 많다고 했더니 아이의 표정이 사뭇 진지해졌어요.

"엄마는 사랑이랑 봄이가 고등학교에 다닐 만큼 자랐을 때도 실수와 실패를 두려워하지 않고 자꾸 다시 도전하는 사람이 되면 좋겠어."

아이의 자라는 속도는 점점 더 빨라질 테고 이내 초등학생이, 중학생이, 고등학생이 되겠지요. 보통의 궤적을 밟아간다면 도전해서 성공하는 기쁨을 느끼는 순간보다 실수하고 실패해서 좌절을 감당해야 할 순간이 더 많을 겁니다. 이 땅의 청소년들이 대개 그러하듯이 아마 제 아이도 그렇겠지요. 그때마다 적어도 엄마인 저는 이렇게 말해주리라 다짐합니다.

"괜찮아. 실수해도 괜찮아."

책임을
넘겨주는
연습

황지우
〈겨울-나무로부터 봄-나무에로〉

책임, 참 무거운 단어입니다. 어떤 말 뒤에도 책임이라
는 단어가 붙으면 말의 무게감이 달라져요. "그 일은 내가
처리할게"에 비해 "그 일은 내가 책임지고 처리할게"가,
"네가 해결해놔"에 비해 "네가 책임지고 해결해놔"가 훨
씬 더 무겁게 느껴집니다. 생을 살아간다는 것은 누구의
책임으로 태어난 존재가 스스로를 책임지는 존재로 거듭
난다는 거예요. 그런 맥락에서 아이를 키우는 일은 부모
로서 책임지던 일을 아이의 책임으로 무사히 넘겨주는 일
이라고 생각합니다.

얼마 전 포털 사이트에서 수학여행에 학부모가 따라
왔다는 내용의 기사를 보았는데요. 그 내용이 저에게는
좀 충격이었어요. 수학여행에 동행해서 학생들이 탄 버스
뒤를 따르고, 같은 식당에 들어가 아이가 먹는 음식에 주

의를 주고, 같은 숙소를 잡아 마치 순찰 돌 듯 숙소를 순회하고……. 몇 번이나 기사를 다시 읽으면서 이게 실화일까, 극소수의 일을 과대 해석해서 기사화한 것은 아닐까 생각했어요. 댓글을 읽어보니 아니더라고요. 많은 분들이 반대 의견을 달긴 하셨지만 이해가 된다는 입장도 꽤 있었어요.

학교를 비롯한 사회에 대한 신뢰가 부족해서 그럴지도 모르겠습니다. 아이들에게 가장 안전한 곳이어야 하는 학교에서도 각종 폭력과 위험이 발생하니까요. (이 부분에서만큼은 교사인 저도 자유롭지 못합니다. 엄청난 책임감을 느끼고 있어요.) '내 아이의 안전은 내가 지켜야 한다'는 신념은 저 또한 동의하는 바입니다. 그러나 수학여행에 동행하는 문제가 과연 '안전'의 문제일까요? 저는 '책임'의 문제라고 생각합니다.

나무는 자기 몸으로
나무이다
자기 온몸으로 나무는 나무가 된다
자기 온몸으로 헐벗고 영하 13도
영하 20도 지상에

온몸을 뿌리박고 대가리 쳐들고

무방비의 나목으로 서서

두 손 올리고 벌받는 자세로 서서

아 벌받은 몸으로, 벌받는 목숨으로 기립하여, 그러나

이게 아닌데 이게 아닌데

온 혼으로 애타면서 속으로 몸속으로 불타면서

버티면서 거부하면서 영하에서

영상으로 영상 5도 영상 13도 지상으로

밀고 간다, 막 밀고 올라간다

온몸이 으스러지도록

으스러지도록 부르터지면서

터지면서 자기의 뜨거운 혀로 싹을 내밀고

천천히, 서서히, 문득, 푸른 잎이 되고

푸르른 사월 하늘 들이받으면서

나무는 자기의 온몸으로 나무가 된다

아아, 마침내, 끝끝내

꽃피는 나무는 자기 몸으로

꽃피는 나무이다

_ 황지우, 〈겨울-나무로부터 봄-나무에로〉

〈겨울-나무로부터 봄-나무에로〉는 나무의 성장을 말하는 시입니다. 첫 부분부터 울림이 큽니다. "나무는 자기 몸으로/나무"라고 해요. 다른 몸으로 대신할 수 없습니다. 오직 자신으로 서는 존재예요. 나무는 자기 온몸을 헐벗은 상태에서 영하의 추위를 견디며 온몸으로 뿌리를 박습니다. 아래로 뿌리를 단단히 박으면서 위로는 "대가리 쳐들고" "벌받는 자세로" 기립해갑니다. "이게 아닌데 이게 아닌데/온 혼으로 애타면서 속으로 몸속으로 불타면서/버티면서 거부하면서"를 성장을 거부하는 것으로 읽으면 시의 의미가 퇴색됩니다. 거부라기보다는 성장에 필요한 내적 갈등이라고 봐야 합니다. 그렇게 갈등을 겪으면서도 나무는 "영하에서/영상으로" 점점 밀고 올라갑니다. 온몸이 으스러지고 부르터지는 고통을 견디면서도 "자기의 뜨거운 혀로 싹을 내밀고" "푸른 잎이 되고/푸르른 사월 하늘 들이받으면서" 결국 "자기 몸으로/꽃피는 나무"가 됩니다. 마침내, 끝끝내요.

인간의 생도 그렇습니다. 결국은 스스로 피어나야 해요. 갈등도 겪고 시련도 겪으며 마침내, 끝끝내 꽃을 피워야 합니다. 오직 자기 몸으로요. 부모로서 아이에게 도움을 제공할 수는 있겠지요. 위험으로부터 아이의 안전을 보호하는 것은 당연한 일이고요. 그러나 그 행위가 아이의 성장을 가로막는 것은 아닌지 늘 돌아봐야 한다고 생각해요. 아이 스스로 충분한 내적 갈등을 겪고 세상 밖으로 밀고 나오려 할 때, 아이의 성장을 인정하지 않고 땅속 깊숙한 곳으로 다시 밀어 넣는 것은 아닌지 말이에요.

아이에게 책임을 알려주는 일은 쉽지 않습니다. 책임은 가르치는 일이라기보다는 넘겨주는 일이라서 더 그런 것 같아요. 엄마라는 이유로 대신해주던 것들을 자라는 아이에게 때맞춰 하나씩 넘겨주는 겁니다. 책임을 넘길수록 몸은 가벼워지지만 마음은 무거워져요. '하라고 두면 잘할 수 있으려나' 조급해지고 불안해집니다. 어쩌면 아이를 온전히 믿지 못하는 마음 때문일지도 모릅니다. 모든 것이 처음인 아이는 당연히 서툴고 어설플 텐데 그것을 기다려주고 견뎌내는 마음이 부족해서인지도 몰라요.

작은 일부터 연습이 필요합니다. 밥을 먹여주던 숟가락을 넘겨주고, 몸을 씻기던 샤워기를 넘겨줍니다. 색칠해주던 색연필을 넘겨주고, 일일이 껍질을 까주던 간식을 봉지째 넘겨줍니다. 입혀주던 옷을 넘겨주고, 신겨주던 양말과 신발을 넘겨줘요. 들어주던 가방을 넘겨주고, 우산을 넘겨줍니다. 옷 가게에서 옷의 선택권을 넘겨주고, 서점에서 책의 선택권을 넘겨줍니다. 주말 일정의 선택권을 넘겨주고, 가끔은 식사 메뉴 선정의 선택권도 넘겨줍니다. 물론 아이의 안전과 건강, 현실 가능성을 따져서 아이의 선택을 왜 들어줄 수 없는지 설명해야 할 때도 있습니다. 그런 문제에 있어서만큼은 아이가 뜻을 굽히고 부모의 뜻에 따라주는 것 또한 필요한 연습이니까요.

먹여주는 음식을 먹고, 씻겨주는 손에 몸을 맡기고, 입혀주는 옷을 입고, 골라주는 책을 읽고, 가자는 대로 가고, 주는 대로 먹던 아이는 점점 자기 생각을 말합니다. 조금씩 혼자 하는 일들이 늘어나면서 몸으로 책임을 배웁니다. 적어도 저는 그렇게 믿어요.

"엄마, 이건 엄마가 정리해주면 안 돼?"

"너희들이 가지고 논 건데 왜 엄마가 해야 할까?"

"엄마니까."

"엄마니까 너희들이 정리할 수 있도록 기다려줄게. 스스로 정리하는 것까지가 놀이야. 놀이의 시작이 놀잇감을 꺼내는 일부터인 것처럼 놀이의 끝은 그것을 정리하는 일까지야."

"치! 힘들어서 하기 싫은데."

"힘들어서 하기 싫어도 해야 하는 일이 있어."

"그럼 엄마가 좀 도와주면 안 될까?"

"엄마가 어떤 걸 도와줄까?"

"블록을 모아줘. 우리가 통에 담아서 제자리에 가져다 놓을게."

"좋아."

요즘은 아이들에게 정리의 책임을 조금씩 넘기고 있습니다. 이제껏 넘겨준 것들에 비해 이 책임은 쉽게 넘어가지 않네요. 정리를 한다고 해놓고는 하다가 다시 어지르며 놀기도 하고, 그러다 졸리고 피곤하다며 투정을 부리기도 하고요. 정리를 하는 건지 아무 데나 집어넣는 건지 알 수 없기도 합니다. 그래도 자꾸 넘겨줘야겠지요. 영원히 해줄 수는 없는 일이니까요.

앞으로 얼마나 많은 책임을 더 넘겨줘야 어른이 될까요. 아이들이 자기 삶의 중요한 갈등을 온몸으로 겪어내고, 세상 밖으로 나아가 자기 몫의 꽃을 피워내려면 앞으로 수많은 일을 책임지는 연습이 필요할 겁니다. 어설프고 서툰 선택과 책임이 단단하고 아름다운 성장으로 이어지는 그날까지, 지금의 마음처럼 아이를 응원하고 지켜보는 인내심 많은 엄마가 되어야겠어요.

제 4 부

공감에도 연습이 필요해요

공감 표현력

아이들은
모두
꼬마 탐험가!

정희성
〈민지의 꽃〉

꒰ ꒱

아이들과 한참을 공원에서 놀다가 들어온 저녁이었습니다. 욕조 가득 따뜻한 물을 받아 아이들을 잠깐 놀게 하고는 아이들이 벗어둔 옷가지를 정리했습니다. 뒤집어 벗은 옷을 바로 펴서 세탁기에 넣으려는데 주머니에서 무언가가 와르르 쏟아졌어요. 도토리, 돌멩이, 이름 모를 열매, 꽃잎에 나뭇잎까지. 공원을 통째로 넣은 듯했습니다. 도대체 이 쓸모없는 물건들을 왜 잔뜩 넣어 왔는지. 설상가상으로 열매는 터져 베이지색 바지 주머니를 보랏빛으로 물들이고 있었고, 돌멩이에 묻어온 흙은 물기가 있어 잘 털리지도 않았습니다. 스멀스멀 짜증이 밀려왔습니다.

"얘들아, 이건 왜 넣어서 왔어?"

"그거 엄마 선물인데?"

"이게 무슨 선물이야!"

"아까 공원에서 엄마 선물 주려고 갖고 온 거야."

해맑은 표정으로 엄마 선물이라는데 할 말이 없어 욕실 문을 닫았습니다. 속마음은 '이게 무슨 선물이니, 하나도 안 반갑구나'였지만 아이들 표정을 보니 그렇게 말할 수가 없었어요. 선물이라는데 그냥 쓰레기통에 버릴 수는 없어서 작은 통에 옮겨 담고 아이들을 씻겼습니다. 씻고 나온 아이들은 언제 그런 일이 있었냐는 듯 주워 온 열매와 도토리, 나뭇잎을 까맣게 잊었더라고요. 혹시 찾을지 몰라 이틀 정도 싱크대 선반 위에 두었다가 더는 찾지 않길래 정리를 했어요.

강원도 평창군 미탄면 청옥산 기슭
덜렁 집 한 채 짓고 살러 들어간 제자를 찾아갔다
거기서 만들고 거기서 키웠다는
다섯 살배기 딸 민지
민지가 아침 일찍 눈 비비고 일어나
저보다 큰 물뿌리개를 나한테 들리고
질경이 나싱개 토끼풀 억새……
이런 풀들에게 물을 주며
잘 잤니, 인사를 하는 것이었다

그게 뭔데 거기다 물을 주니?

꽃이야, 하고 민지가 대답했다

그건 잡초야, 라고 말하려던 내 입이 다물어졌다

내 말은 때가 묻어

천지와 귀신을 감동시키지 못하는데

꽃이야, 하는 그 애의 말 한마디가

풀잎의 풋풋한 잠을 흔들어 깨우는 것이었다

   — 정희성, 〈민지의 꽃〉

〈민지의 꽃〉에는 "강원도 평창군 미탄면 청옥산 기슭"에 사는 민지라는 아이가 등장합니다. 민지는 그곳에서 태어나고 자란 아이예요. 화자는 민지의 부모님을 만나러 갔다가 민지를 만납니다. 이른 아침 민지가 일어나자마자 하는 일은 제 몸보다 큰 물뿌리개를 챙겨 질경이, 나싱개, 토끼풀, 억새 등에 물을 주며 "잘 잤니, 인사를 하는 것"입니다. 제 얼굴을 씻기도 전에, 밥도 먹기 전에, 가장 먼저 하는 일이 집 주변으로 자란 풀에게 아침 안부를 묻는 일입니다. 화자는 의아합니다. 화자의 눈에는 잡초니까요. 민지의 눈에는 다릅니다. '꽃'이에요. 저마다의 모양과 빛깔을 가진 꽃이요.

저는 이 시에 두 가지 포인트가 있다고 생각해요. 첫 번째는 잡초를 꽃으로 보는 아이의 시선입니다. 어른들에게는 보이지 않는 세계가 아이에게는 보입니다. 그저 뭉뚱그려 잡초라고 여겼던 것들이 아이에게는 꽃으로 보여요. 애써 관심을 두지 않으면 거기 있는지도 모를 이름 없는 풀들이 아이의 눈과 입을 통해 꽃으로 피어납니다. "꽃이야" 하는 민지의 말에 풀잎이 잠에서 깨어난다는 표현은 아이와 자연의 온전한 교감을 보여줍니다.

두 번째 포인트는 화자의 태도입니다. 화자는 민지가 눈을 뜨자마자 물뿌리개를 들어달라고 했을 때 말없이 물뿌리개를 들고 뒤를 따릅니다. 민지가 풀에 정성껏 물을 줄 때도 타박하지 않고 "그게 뭔데 거기다 물을 주니?"라고 다정하게 물어요. 아이의 행동에 어떤 의미가 있으리라 생각하는 겁니다. "꽃이야" 하는 대답에 "그건 잡초야"라고 말하려던 입을 닫아요. "이게 무슨 꽃이냐, 이건 잡초지"라며 어른의 시선을 강요하지 않고 아이의 시선을 그대로 받아줍니다. 화자가 민지의 집에 며칠 더 머물렀더라도 화자는 민지의 아침 습관(풀에 물 주기)에 동행하지 않았을까요. 말없이 꽃에 물을 주는 마음으로요.

아이들과 바깥 놀이를 하다 보면 저와 아이의 시선이 엇나가는 지점이 참 많습니다. 아이들은 제가 보지 못하는 것들을 보고, 듣지 못하는 것들을 들어요. 만지지 못하는 것을 만지기도 하고, 느끼지 못하는 감각을 느끼기도 합니다. 아이들의 시선과 감각에 감동하고 공감하려 하지만 실패할 때도 많아요. 아이들에게는 사랑스럽고, 궁금하고, 신나게 보이는 것들이 제 눈에는 지저분하고, 위험하고, 걱정스럽게 보일 때가 많거든요. 살아 있는 곤충을 덥석 잡아 요리 보고 조리 보는 것, 나무 끝에 매달린 열매를 따려는 행동, 흙 속에 파묻힌 돌멩이를 파내는 일, 개미굴 입구에 나뭇가지 미끄럼틀을 만들어놓는 것, 낙엽으로 가득 찬 도랑에 풀썩 뛰어드는 일, 놀이터 바닥을 구르는 일. 모두 저와 아이들의 시선이 엇나가는 일들입니다.

"엄마는 우리가 얼마나 재밌게 노는지 모르지! 엄마는 진짜 진짜 모른다니까!"

비가 오던 날이었어요. 비 맞으면 감기에 걸린다고 발길을 재촉하는 저와 달리, 물웅덩이도 밟아보고 지렁이도 관찰하고 싶어 하던 아이의 입에서 튀어나온 말입니다. 생각해보니 저는 진짜 몰랐더라고요. 아이들이 세상을 보는 시선에 알게 모르게 딴지를 걸었고 제 시선을 강요하며 막아선 일도 많았습니다.

나는야 꼬마 탐험가
날씨 같은 건 아무 상관없지
비가 주룩주룩 내리면 꾸물꾸물 지렁이를 만나고
눈이 소복소복 쌓이면 데굴데굴 나 닮은 눈사람을 만
들지
햇살이 눈부시게 쏟아지면 빛 따라 볕 따라 공원을 달
리고
구름이 잔뜩 심술을 부리면 구름마다 저 닮은 이름 붙
이지
바람이 쌔앵쌔앵 불어오면 바람결에 기우뚱 기우는 것
들을 구경하고
천둥이 우르르 쾅쾅 내리치면 그 소리에 꼭꼭 숨어라
숨바꼭질하지
나는야 꼬마 탐험가
세상에 궁금하지 않은 게 하나도 없지
여왕개미는 얼마나 클까
괴물들은 어디에서 살고 있을까
벌과 나비는 꿀을 서로 먹으려고 다투지 않을까

민들레는 왜 노란색일까
저 나뭇잎은 뾰족뾰족 가시 같은데 이 나뭇잎은 왜 동
글동글 동그랄까
해님은 왜 낮잠을 안 잘까

나는야 꼬마 탐험가
바쁘고 급한 일은 하나도 없지
목적지 따위는 중요치 않지
가는 길에 주저앉아
요리조리 살펴보고 싶은 것
가만가만 귀 기울여 듣고 싶은 소리
조심조심 만져보고 싶은 것
많고도 많지
어디에 가느냐보다 어떻게 가느냐가
훨얼씬 더 중요하지

우리 엄마는 그걸 모르지
"비 온다. 얼른 들어가자."
"그런 건 궁금해본 적이 없는데……?"
"늦겠다. 빨리 가자."

우리 엄마는
나의 탐험이 얼마나 멋진 일인지
진짜 진짜 모르지

_ 허서진 자작시, 〈꼬마 탐험가〉

아이에게 핀잔을 들은 날, 아이의 말을 받아 시를 썼습니다. 아이의 시선에 탐험가의 시선을 부여하자 많은 행동이 일시에 이해됐어요. 제게는 익숙한 것들이 아이들에게는 새롭고, 위험한 것들이 도전 정신을 불러일으키고, 지저분한 것들이 호기심을 자극할 수도 있습니다. "엄마는 진짜 진짜 모른다니까!"라는 말처럼 어른인 저는 절대 알 수 없는 꼬마 탐험가의 세상이 있었던 겁니다.

우리 집 두 꼬마 탐험가는 오늘도 세상을 탐험합니다. 저는 오늘도 아이들의 탐험을 백 퍼센트 이해하지 못한 채 제 시선과 생각을 강요하기도 합니다만, 아이들의 한 마디에 또 무너지고 말아요.

"엄마는! 우리가 얼마나 멋진 탐험을 하는지 모른다니까, 정말!"

자연은
내 것이 아닌
모두의 것이에요

권정생
〈밭 한 뙈기〉

아파트 단지 안에서 새 둥지를 발견했습니다. 공교롭
게도 둥지가 있는 나무 바로 앞에는 흔들의자가 놓여 있었
어요. 둥지를 처음 발견한 날, 아이들과 함께 흔들의자에
앉아 한참 동안 둥지를 바라보았어요. 도시에서 새 둥지
를 이렇게 가까이서 볼 수 있다는 게 신기하더라고요.

"엄마, 나뭇가지가 지그재그로 쌓여 있어."

"그렇네! 엄마도 책에서만 봤지 실제로는 처음이야."

"새들이 저기서 알을 낳는 거야?"

"응, 새들이 저기에 알을 낳고 새끼를 키우겠지?"

"엄마, 진짜 신기하다. 저렇게 높은 곳에 어떻게 새들
이 나뭇가지를 저렇게 잘 쌓았지?"

"그러게!"

한참 동안 고개를 들고 새 둥지를 바라보며 이야기를

나눴습니다. 둘째 아이가 문득 "그럼 다른 새들은 어디에 사는 거지?"라고 물었습니다. 동네에서 본 새만 해도 까치, 까마귀, 딱따구리, 비둘기, 참새 등 많은데 그 새들은 둥지가 어디 있냐는 거였어요. "그러게, 어디 있을까." 답을 얼버무렸습니다.

새들만 집을 잃었을까요. 집 근처에 낮은 언덕을 끼고 있는 호수공원이 있습니다. 거기에 멧돼지가 나왔다는 소식이 들렸어요. 늦은 저녁 시간 이후에는 사냥총을 든 사람들이 공원을 순찰한다고 하더라고요. 멧돼지는 사람을 위협할 수 있는 동물이니 그런 일이 발생하기 전에 대응하는 게 맞다 싶다가도 그러면 멧돼지는 도대체 어디에서 살아야 할까 싶고……. 참 여러 마음이 들었습니다.

사람들은 참 아무것도 모른다.
밭 한 뙈기
논 한 뙈기
그걸 모두
'내' 거라고 말한다.

이 세상

온 우주 모든 것이
한 사람의
'내' 것은 없다.

하느님도
'내' 거라고 하지 않으신다.
이 세상
모든 것은
모두의 것이다.

아기 종달새의 것도 되고
아기 까마귀의 것도 되고
다람쥐의 것도 되고
한 마리 메뚜기의 것도 되고

밭 한 뙤기
돌멩이 하나라도
그건 '내' 것이 아니다.
온 세상 모두의 것이다.

_ 권정생, 〈밭 한 뙤기〉

〈밭 한 뙈기〉는 인간의 소유욕을 부드럽게 비판하는 시입니다. 지구 상에서 오직 인간이라는 종만이 땅에 금을 그어 '내 것'과 '네 것'을 구분해요. '내 것'을 더 많이 만들기 위해 시간과 노력을 아끼지 않고, '네 것'을 '내 것'으로 삼기 위해 싸우기를 주저하지 않습니다. 이렇게 인간들이 자연을 두고 '내 것'과 '네 것'을 구분하는 사이 정작 자연은 점점 설 자리를 잃어가고 있어요. 화자는 "하느님도/'내' 거라고 하지 않으신다"며 "모든 것은/모두의 것이다"라고 해요. 세상 모든 것은 아기 종달새나 아기 까마귀, 다람쥐나 한 마리 메뚜기의 것이기도 하다고요.

사람들의 영역이 넓어지는 만큼 자연의 영역은 좁아집니다. 지구라는 한정된 공간에서 한쪽의 덩어리가 커지면 나머지 쪽의 덩어리는 줄어드는 것이 당연한 이치예요. 부끄러운 고백을 하자면 사람과 자연이 공존할 수 있는 방법이 무엇인지 아이를 키우며 처음으로 고민했습니다. 그제야 한 번도 읽지 않았던 환경 관련 책도 읽고, 생활 속에서 실천할 수 있는 작은 행동에도 관심을 가졌어요. 그러면서 '내 것'도 '네 것'도 아닌 우리의 시공간을

안전하고 온전하게 누리기 위해서는 엄청난 불편을 감수
해야 함을 깨달았습니다.

'내 것'이라는 생각을 완전히 버리고 정해진 자원을
잠깐 빌려 쓴다고 생각하면 불편하더라도 감수해야 한다
는 생각이 절로 들어요. 그러나 결코 쉬운 일은 아닙니다.
아니, 너무너무 어려운 일이에요. 누구도 강제하지 않으
니 눈앞의 편의를 저버리기 어렵습니다. 나만 잘한다고
되는 일도 아니라 생각하면 약간의 위안마저 들어요.

마크 라이너스의 《최종 경고: 6도의 멸종》은 아이를
키우면서 읽은 환경 관련 책입니다. 이 책에서는 지구 온
난화로 인해 지구의 온도가 1도씩 상승할 때 일어날 일을
예측합니다. 이미 지구의 온도는 2도 이상 높아졌고, 조
금만 더 높아지면 대멸종의 시기가 온다고 해요. 책을 읽
는 동안 자주 오싹함을 느꼈습니다. 내가 살아갈 세상은
아니더라도 내 아이가, 어쩌면 내 아이의 아이가 살아갈
세상일지도 모르니까요. 섬나라들이 하나둘씩 사라지고,
민족 대이동이 발생하며, 기근에 시달리는 국가가 생기는
등등…… 편안한 일상을 누리고 있는 지금의 제게는 그저
먼 미래의 이야기 같은 문장들이 갑자기 뚜벅뚜벅 현재로

다가오는 느낌을 받았습니다.

　우리가 자연에 금을 긋고 하나라도 더 '내 것'으로 만들려 애쓰는 사이 자연은 자꾸 병들어갑니다. 아마도 그 병에 이름을 붙이자면 '화병'이 아닐까요. 인간에 대한 분노와 실망이 지구의 온도를 끌어올리고 있다는 생각이 듭니다. 그 화火의 화살은 결국 우리를 향할 테고요.

　"호수공원에 나왔다는 그 멧돼지 말이야. 좀 불쌍하지 않아?"

　"왜, 엄마? 멧돼지는 위험하잖아. 사람을 공격할 수도 있대."

　"물론 그렇긴 하지. 근데 멧돼지가 왜 사람들이 많은 공원에까지 내려왔는지 생각하면 좀 안됐어."

　"왜 내려왔지? 추워서?"

　"엄마 생각엔 배가 고파서 먹을 것을 찾느라 그랬을 것 같아. 거기도 그냥 산이었는데 사람들이 호수공원을 만들면서 길도 내고 울타리도 치고 그랬을 거잖아. 사람들이 멧돼지의 터를 뺏은 것 같은 생각이 들어."

　"그럼 사람이 잘못했네!

　아이들의 생각은 어찌 보면 참 단순하고, 어찌 보면 아주 명쾌합니다. 바로 사람이 잘못했다는 답이 나오는 걸 보면요. 아이들과 대화하며 어렴풋하던 것이 분명해지기도 하고 생각만 하던 것을 실천하기도 해요. 아이와 함께 엄마도, 아빠도 무럭무럭 자라납니다.

저마다
다른 감각으로
세상을 느껴요

정호승
〈시각장애인 식물원〉

제가 근무하는 학교는 장애–비장애 통합 학급이 운영
되는 곳이에요. 일반계 고등학교라서 중증 장애가 있는
학생들은 없고 대체로 인지적 장애가 있는 학생들입니다.
장애 학생들은 비장애 학생들이 절대다수인 교실에서 섬
과 같아요. 장애 학생들과 비장애 학생들 사이에 놓인 심
리적 바다는 실로 거대해서 두 무리는 대화도, 행동도 잘
섞지 않습니다.

　　'공존'이라는 주제로 문학 수업을 하다가 비장애 학생
들이 장애인을 '부족한 사람, 그래서 도움이 필요한 사람'
이라고 인식하고 있음을 알았습니다. (이 수업을 할 때는 장
애 학생들이 도움반—장애 학생들을 위한 교육과정이 따로 운
영되는 반—에 가서 교실에 없을 때였어요.) 그러니 같은 반
의 장애 학생과 자연스럽게 어울리지 않는 게 당연했습니

다. 어쩌면 저 역시도 무의식중에 장애 학생들을 보며 '무
조건적으로 도움이 필요한 존재'로 여기지 않았을까요.
그렇지 않다고 단호하게 말하기 어려웠어요.

한 소녀가 아빠의 손을 잡고
경기도 광릉 시각장애인 식물원에 가서
손으로 나무들을 만져본다
이건 소나무야, 이건 도토리나무고
이건 진달래야
아빠가 어린 딸에게 자꾸 말을 걸자
소나무가 빙긋이 소녀를 보고 웃다가
소녀의 손바닥에
어린 솔방울 같은 눈동자를 하나 쥐여준다

시각장애인 식물원에는
꽃들이 모두 인간의 눈동자다
나뭇잎마다 인간의 푸른 눈동자가 달려 있다
시각장애인들이 흰 지팡이를 짚고
더듬더듬 식물원으로 들어서면
나무들이 저마다 작은 미소를 지으며

시각장애인들의 손바닥에 하나씩
눈동자를 나눠준다

보라
봄길을 걸어가는 시각장애인들은 모두
손바닥에 눈이 있다
고비사막의 어느 사원에 그려진 부처님들처럼
손바닥의 눈으로 별을 바라보고
손바닥의 눈으로 한강철교 위로 떠오른
초승달을 바라본다
중계동 산동네에 사는 독거노인 한 분도
맑은 손바닥의 눈으로
이웃들이 찾아와 켜준
생일 케이크의 작은 촛불을 바라보고
수줍게 웃는다

_ 정호승, 〈시각장애인 식물원〉

　〈시각장애인 식물원〉은 시각장애인의 이야기입니다. 시각장애인인 소녀는 아빠의 손을 잡고 시각장애인 식물원에 가요. 소녀가 나무를 손으로 만지자 아빠는 그 나무가 어떤 나무인지 말해줍니다. 그 장면을 사랑스럽게 지켜보던 소나무는 소녀의 손바닥에 눈동자를 하나 쥐여줘요. 이어 시적 대상은 소녀에서 모든 시각장애인으로 확대되고, 그들이 눈 대신 손바닥으로 세상을 만나는 모습이 나와요. 별과 달과 생일 케이크, 모두 손바닥의 눈으로 봅니다. 시에 등장하는 시각장애인은 눈이 보이지 않는 사람이 아니라 손바닥에 눈이 있는 특별한 존재입니다.

시를 읽자마자 떠오른 그림책이 하나 있는데요. 바로 안야 다미론의 《진정한 슈퍼맨》입니다. 이 그림책의 주인공 '이반'은 슈퍼맨이 되고 싶은 소년이에요. 망토를 두르고 하늘을 나는 슈퍼맨이 되고 싶던 이반은 어느 날 우연히 발가락으로 그림을 그리고 있는 소년을 만납니다. 이반은 그 소년을 흉내 내보려 하지만 이내 쉽지 않다는 사실을 깨달아요. 그 뒤로 눈으로 보지 않아도 손가락으로 책을 읽을 수 있는 소녀, 다리를 움직이지 않고 농구를 할 수 있는 소년, 손으로 말할 수 있는 소녀를 차례로 만나며 그들은 특별한 능력을 지닌 정말 멋진 슈퍼맨이라고 생각합니다.

이 그림책을 읽으며 그동안 장애에 대해 갖고 있던 생

각이 완벽하게 깨졌어요. 장애인은 신체적 불편을 겪지만 그것이 비장애인보다 열등한 것은 결코 아니라는 사실을 깨달았습니다. 장애인은 비장애인과 다른 감각으로 세상과 마주할 뿐이었어요. 거기에 열등이 설 자리는 없었습니다. 열등하다는 생각은 인정하기 부끄럽지만 결국 '혐오'라는 정서와 맞닿아 있었어요.

　제가 어렸을 때는 장애인을 만날 일이 거의 없었습니다. 아주 가끔 길을 걷다가 장애인을 만나면 나와 다른 걸음걸이, 나와 다른 말투, 나와 다른 행동에 두려움을 느꼈어요. 도대체 어느 지점에서 '두려움'이라는 감각이 촉발되었는지 지금 생각하면 너무 부끄럽습니다. 나와 다른 존재에 대한 막연한 느낌이었을까요. 정작 비장애인을 위해 세워진 건물, 닦인 길, 놓인 구조들, 그리고 비장애인들이 만든 기울어진 정상성 사이에서 두려움을 느꼈을 대상은 장애인들이었을 텐데요. 앞서 말한 '혐오'라는 정서는 너무 거대하게 느껴지지만 제가 느낀 두려움도 결국 혐오의 일환이었다고 고백할 수밖에 없어요. 장애인이 삶에서 겪는 실제적 불편을 묻기보다 나와 다른 존재를 마주할 때 드는 감정적 불편에 집중했으니까요.

"엄마, 여기는 왜 이런 표시가 되어 있어?"

"아, 여기는 몸이 불편하신 분들이 주차할 수 있는 곳이야. 이 그림은 휠체어 그림이고."

"휠체어가 뭐야?"

"바퀴가 달린 의자 같은 건데 다리가 불편해서 걷기 힘든 분들이 생활할 수 있도록 도와주는 기구야."

"아, 그때 책에서 봤다! 그럼 여기는 휠체어 타는 사람만 주차할 수 있어? 왜 그래야 하는데?"

"꼭 휠체어를 타지 않더라도 걸음이 불편하신 분들이 댈 수 있어. 우리는 내려서 입구까지 걸어가는 데 어려움이 없지만 걸음이 불편하신 분들은 입구까지 걷기 어려우니까 배려하는 거야. 휠체어를 타는 분이라면 휠체어를 차에서 내려야 하니까 다른 주차 자리보다 자리도 넓게 하고."

"엄마, 만약에 우리가 여기에 차를 대면?"

"안 되지. 이건 법으로 정해진 거야. 규칙이지. 걷는 데 불편함이 없는 사람은 여기 대지 못하게 되어 있어. 만약 여기 차를 대면 벌로 돈을 내야 해."

"치, 가깝고 좋겠다. 우리도 여기에 차 대면 좋겠다. 그치?"

"여기 차를 대는 분들은 일상생활에서 우리보다 불편이 많으셔. 계단을 오르내리는 것도, 엘리베이터에 타는 것도. 우리가 아무렇지도 않게 하는 게 이분들에게는 꽤 힘든 일이야. 그래서 엄마는 이분들의 자리가 더 많아져야 한다고 생각해. 불편하신 분들이 가까이 차를 대고, 불편하지 않은 우리는 좀 멀리 대고. 그게 당연하다고 생각해."

"음……. 근데 여기는 휠체어 자리가 두 개뿐이네. 더 많았으면 좋겠다!"

아이들이 자라 소년이 되고 어른이 되어가는 동안 세상이 조금 더 성숙해지면 좋겠습니다. 비장애인이 장애인을 배려하고 양보하는 것을 넘어 법적으로 제도적으로 장애인의 편의를 보장하는 세상이 되면 좋겠어요. 비장애와 장애는 신체의 불편 여부를 지칭하는 단어 정도로만 쓰이고요. 서로 다른 감각으로 세상을 만나는 이들이 함께 어우러져 모두가 저마다의 능력을 지닌 슈퍼맨이 되기를 바랍니다.

차이가
차별이
되지 않도록

안상학
〈푸른 물방울〉

"분홍색은 여자색이고, 파란색은 남자색이야!"

아들의 입에서 이 말이 튀어나왔을 때 뒤통수를 세게 맞은 기분이었습니다. 남자와 여자의 경계 없이 키우려고 그렇게 노력했는데, 유치원에 다니기 시작한 아들은 어느새 '남자'라는 테두리 안에 자기를 밀어 넣고 있었어요. 진한 분홍색을 유난히 좋아하던 아들은 더 이상 분홍색의 '분' 자도 꺼내지 않는 남자아이가 되었습니다. 그뿐만이 아니었어요.

"엄마, 내가 왜 자전거를 안 타는지 알아?"

"아니, 왜 안 타?"

"내 자전거에 엘사 그림 있잖아. 그게 부끄러워서 안 타는 거야. 엘사는 여자애들이 좋아하는 캐릭터니까."

엘사 자전거는 아이가 막 다섯 살이 되던 무렵, 자전거

판매장에서 스스로 고른 것입니다. 여러 디자인이 있었지만 딱 그것만 고집하기에 두말하지 않고 그러자고 했었지요. 그 뒤로 한참을 잘 타고 다니더니 여섯 살이 되어 유치원에 가면서부터는 어쩐 일인지 절대 타지 않겠다고 하더군요. 자전거에 흥미를 잃었나 보다 싶어서 그냥 두었는데 그게 아니었던 겁니다. 자전거는 타고 싶지만 엘사 그림이 그려진 자전거를 타기가 부끄러웠던 거예요.

경계와 구분 없이 키우겠다는 다짐은 아이를 임신했을 때부터 했습니다. 아이의 배냇저고리를 고를 때부터도 남자아이와 여자아이의 경계가 나눠져 있었는데 그게 그렇게도 못마땅했어요. 출산 준비를 하러 가면 '남아'인지 '여아'인지부터 물었습니다. 그런 건 상관없다고 해도 판매하는 곳에서는 "그래도 남자아이면……"이라며 성별 맞춤형(?) 옷을 내밀더라고요. 출산 선물로 들어온 물건도 첫째(아들)는 죄다 파란색, 둘째(딸)는 죄다 분홍색이었습니다.

태어나기 전부터 경계가 정해져 있다면 아이들이 살아가는 동안 이 경계를 가르는 선은 얼마나 더 공고해질까요. 그래서 더 애썼습니다. 의식적으로 더 노력했어요. 구분하지 않으려, 경계 짓지 않으려고요. 그런데 제 노력

.

이 통한 건 딱 5세까지였습니다. 아이는 그렇게 사회화,
아니 구분화가 되고 있었어요.

> 내가 살아가는 지구地球는 우주에 떠 있는 푸른 물방울
>
> 나는 아주 작은 한 방울의 물에서 생겨나
> 지금 나같이 아주 우스꽝스럽고 조금 작은 한 방울의
> 물로 살다가
> 다시 아주 작은 한 방울의 물로 돌아가야 할 나는
> 나무 물방울 풀 물방울 물고기 물방울 새 물방울
> 혹은 나를 닮은 물방울 방울
> 세상 모든 물방울들과 함께 거대한 물방울을 이루며
> 살아가는
>
> 나는, 지나간 어느 날 망망대해 인도양을 건너다가 창
> 졸간에 문득 지구는 지구가 아니라 수구水球라는 생각
> 이 들었던 것
>
> 끝없는 우주를 떠도는 푸른 물방울 하나
>
> _ 안상학, 〈푸른 물방울〉

〈푸른 물방울〉은 경계와 나눔에 대해 생각하다 보면 으레 떠오르는 시입니다. 지구는 우주에 떠 있는 물방울이고 '나(화자)'도 마찬가지예요. 나무도 풀도 물고기도 새도, 나를 닮은 어떤 존재도 모두 하나의 물방울입니다. 이 푸른 물방울들이 모여 하나의 지구를 이룹니다. 이 시를 읽다 보면 겨우 물방울만 한 존재들끼리 왜 그렇게 경계를 세우고 나누는가 싶은 생각이 절로 듭니다. 우리가 아무리 나누어본들 우리는 거대한 물방울을 이루는 작은 물방울일 뿐입니다. 물방울에는 본질적으로 경계가 없어요. 서로의 경계가 닿는 순간, 결국에는 하나가 됩니다. 그것만이 물방울의 본질이에요.

> 미치, 우리가 서로 비슷하다는 사실을 믿지 않는다는 게 문제라네. 백인과 흑인, 천주교 신자와 개신교 신자, 남자와 여자, 모두 다 똑같아. 서로 비슷하다는 점을 안다면 우리 모두는 이 세상의 인류라는 대가족에 합류하고 싶을 거야. 그래서 지금 우리가 가족을 돌보는 것처럼 인류라는 대가족을 돌보고 싶어질 거야.◆

◆ 미치 앨범, 《모리와 함께한 화요일》, 살림, 2017, 231쪽

미치 앨봄의 《모리와 함께한 화요일》에서 죽음을 앞둔 노교수 모리는 이렇게 말해요. 우리는 모두 이 세상의 인류라는 대가족의 일원이라고요. 인간이라는 같은 종으로 분류합니다. 피부색이나 성별 등과 같이 겉으로 드러난 모습이든 종교나 문화 등과 같이 내면에 형성된 것이든 전부 인간이라는 본질에 덧대진 현상일 뿐이에요.

"엄마, 저 사람은 남자야? 여자야?"

앞서 걷는 사람을 가리키며 아이가 물었습니다. 긴 머리를 하나로 단정히 묶은 사람이었어요. 체격은 남자 같은데 머리는 기니 아이의 호기심이 닿은 모양이었습니다.

"남자인지 여자인지 헷갈리는 이유가 뭘까?"

"머리는 긴데, 덩치는 헐크 같아."

"네 생각에는 남자 같아, 여자 같아?"

"음, 남자가 머리를 기른 것 같아."

"그게 이상했어? 남자도 머리를 기를 수 있고, 여자도 덩치가 클 수 있는데?"

"남자가 머리를 기른다고? 에이, 그건 좀 이상한데?"

"엄마 학교엔 머리가 엄마만큼 긴 형아도 있어. 사랑이가 보는 남자들 대부분이 머리가 짧아서 그렇게 생각하는 것 같은데, 머리 길이는 내가 결정할 수 있는 거야."

"여자도 헐크 같을 수 있어?"

"아무 상관없지. 우리나라에 엄청 유명한 여자 역도 선수가 있는데, 그 선수는 아빠보다도 훨씬 더 힘도 세고 덩치도 커. 자기가 하는 일에 필요하거나 운동을 좋아하면 얼마든지 몸이 클 수 있는 거야."

"그럼 남자랑 여자는 뭐가 다른데?"

"몸의 생김새에 차이가 있긴 하지. 그건 태어날 때 결정되는 거라 어찌할 수 없지만 외모를 가꾸고 옷을 입고 직업을 고르고 그런 일은 남녀로 구분할 수 없는 거야. 누구나 자기 선택대로 할 수 있어. 아무런 차이가 없지."

아이는 여전히 아리송해합니다. 좋아하는 만화 캐릭터가 새겨진 양말을 신고 나왔다가도 유치원 앞에서 "엄마, 이 양말 분홍색인데 부끄러울 것 같아"라며 쭈뼛거리는 일도 있어요. 그래도 계속 말해줍니다. 남자색과 여자색, 남자 옷 여자 옷이 따로 있지 않다고. 남녀를 구분하는 방법은 몸의 생김새뿐이라고. 남자라서 또는 여자라서 해서는 안 되는 일이 따로 정해진 건 아니라고……. 아이의 생각이 철옹성처럼 단단해지기 전에, 유연하고 말랑말랑하게 살아갈 수 있도록 애써봅니다.

가난은 불행과

동의어가

아니에요

김영승

〈반성 100〉

제 유년기는 가난했습니다. 저를 수식하는 많은 말들
이 가난과 유의어였어요. 유년기를 지나고도 가난에서 완
벽히 자유롭지 못했습니다. 20대 후반, 안정적인 직업을
가진 후에야 저를 수식하던 가난과 결별할 수 있었어요.
지금에야 그때의 가난을 당당하게 이야기하지만 과거에
는 숨길 수 있다면 숨기고 싶었습니다. 부끄러웠다고 해야
할까요, 자존심이 상했다고 해야 할까요. 명확하게 설명할
수 없는 이유로 가난을 부정하던 때가 있었습니다. 가난에
서 많이 멀어진 지금도 '가난'이라는 단어에 마음이 일렁
거려요. 여전히 자기 이름 앞에 '가난의 수식'을 달고 있는
많은 이들이 꼭 이전의 제 모습 같기도 합니다.

　　연탄장수 아저씨와 그의 두 딸이 리어카를 끌고 왔다.

아빠, 이 집은 백 장이지? 금방이겠다, 머.

아직 소녀티를 못 벗은 그 아이들이 연탄을 날라다 쌓
고 있다.

아빠처럼 얼굴에 껌정칠도 한 채 명랑하게 일을 하고
있다.

내가 딸을 낳으면 이 얘기를 해주리라.

니들은 두 장씩 날러.

연탄장수 아저씨가 네 장씩 나르며 얘기했다.

_ 김영승, 〈반성 100〉

〈반성 100〉에는 연탄장수 아저씨가 두 딸과 함께 연
탄을 나르는 장면이 나옵니다. 아직 소녀티를 벗지 못했
다니 두 딸은 아마 10대 초반쯤 되었나 봅니다. 얼굴에
'껌정칠'을 하고도 명랑한 아이들에게 연탄을 나르는 일
은 부끄럽지 않아 보여요. 아빠 연탄장수도 아이들에게
연탄을 나르게 해서 미안해하기보다는 자신이 네 장씩 나
를 테니 "니들은 두 장씩 날러"라고 넌지시 말할 뿐입니
다. 이들의 경제적 상황이 구체적으로 묘사되지 않았지만
분명 이 가족의 삶은 가난에 가까울 겁니다. 그러나 이들
에게 어둠이나 부끄러움, 회피나 두려움은 없어요. 기꺼

이 가난을 수용하고 함께 웃습니다.

　화자는 이들의 모습을 멀지 않은 거리에서 바라보고 있어요. 화자는 나중에 자기가 "딸을 낳으면 이 얘기를 해 주리라" 다짐합니다. 아마 그 가족의 모습에서 '사랑'을 보았기 때문이겠지요. 물질이 개입하지 않은 순수하고 아름다운 가족의 사랑을요.

　'가난'이라는 단어와 '불행'을 동의어로 생각하는 경우가 종종 있습니다. 가난을 가능한 한 숨기고 싶었던 것은 저 역시 그러한 시선에서 자유롭지 못했기 때문이었어요. 정작 당시의 저는 불행하지 않았는데 말이에요. 가난이라는 객관적인 사실이 저를 불행의 프레임에 가두어버렸습니다. 그게 자존심이 상했고 때론 화가 났어요. 〈반성 100〉을 읽으며 저의 가난이 연탄장수 가족의 가난과 유사했다는 사실을 알았습니다. 사랑이 있었고, 그래서 불행하지 않았다는 것을요.

　프랑수아 를로르의 《꾸뻬 씨의 행복 여행》에서 꾸뻬 씨는 무엇이 사람들을 행복하게 하고 무엇이 불행하게 하는가를 알기 위해 여행을 떠납니다. 첫 여행지에서 성공한 삶을 사는 친구 뱅쌍을 만나기 위해 그가 일하고 있는 빌딩을 찾아가요. 뱅쌍을 비롯해 빌딩에서 쏟아져 나오는 사람들 중 누구도 행복해 보이지 않습니다. 모두 피곤하고 심각해 보였지요. 그런데 빌딩 바깥에 돗자리를 깔고 앉아 이야기를 나누는 한 무리의 여자들은 달라 보였어요. 무척 행복해 보였습니다. 뱅쌍에게 물어보니 그들은 매우 가난한 섬나라 출신이며 모두 가정부로 일하면서 고향의 가족들을 돌보고 있다고 했습니다.

꾸뻬 씨는 성공한 부자인 뱅쌍과 이야기를 나누면서 "많은 사람들이 더 큰 부자가 되고 더 중요한 사람이 되는 것이 행복이라고 생각한다"[*]는 배움을 얻었어요. 이를 여행 수첩에 '배움 4' 목록으로 작성했지요. '여자들'은 앞선 배움에서 벗어난 사람들이었어요. 불가사의했습니다. 꾸뻬 씨가 작은 여자들에게 다가가 행복해 보이는데, 그 이유가 있냐고 묻자 작은 여자들은 친구와 함께 있어서라고 대답합니다. 꾸뻬 씨는 아무것도 가진 것 없이 행복해하는 그들로부터 배운 것을 여행 수첩에 기록합니다. "배움 7 행복은 좋아하는 사람과 함께 있는 것이다"[**]라고요.

◆ 프랑수아 를로르, 《꾸뻬 씨의 행복 여행》, 오유란 옮김, 오래된미래, 2004, 40쪽
◆◆ 같은 책, 65쪽

최소한의 생계 보장은 기본 조건입니다. 정말 삼시 세 끼 밥 먹기도 어렵고 한겨울을 냉기 어린 방에서 보내야 한다면 아무리 사랑하는 사람과 함께 있어도 '행복'을 누리기 어렵다고 생각해요. 하지만 그 이상의 물질적 풍요가 무조건적인 행복을 보장하지는 않습니다. 반대로 물질적 결핍이 반드시 불행과 연결되는 것도 아니고요.

　　"엄마, 가난한 게 뭐야?"

　　전래동화를 읽어주고 있는데 아이가 갑자기 '가난'을 물었습니다. 전래동화 속 주인공들은 어쩌면 하나같이 가난한지요. 고민해봤지만 아이들이 이해할 만한 수준의 좋은 답이 쉽게 떠오르지 않았어요.

　　"음, 가난하다는 건 가진 게 많지 않다는 거야."

　　"돈이 없는 거야? 그럼 사고 싶은 거 못 사? 먹고 싶은 것도 못 먹고?"

　　"그럴 수 있지."

　　"그럼 엄청 슬프겠네."

　　"엄마가 어렸을 때, 엄마 집도 가난한 편이었어."

　　"그럼 엄마도 슬펐겠네?"

　　"근데 엄마는 가난해서 슬프지는 않아. 물론 불편한 건 있었지. 그래도 엄마는 너희들 할머니랑 이모, 증조

할머니, 증조할아버지랑 되게 행복하게 살았어."

"가난해도 행복할 수 있는 거야?"

"엄마는 그럴 수 있다고 생각해. 가난하면 불행하고 부자면 행복하고 꼭 그런 건 아닌 것 같아."

"나는 부자 되고 싶은데! 돈 많이 벌어서 포켓몬 인형도 종류별로 다 사고, 포켓몬 카드도 다 사고 싶어."

"그럼 부자가 되면 되지. 엄마도 가난하게 살고 싶지 않아서 엄청 열심히 공부하고 열심히 살았거든. 그런데 여기서 아주 중요한 게 있어!"

"그게 뭔데?"

"부자라고 꼭 행복한 건 아니란 것만 알면 돼."

"응? 부자가 돼야 사고 싶은 걸 다 사지! 갖고 싶은 것도 다 갖고."

"그렇지. 그런데 만약에 사랑이랑 봄이가 부자가 되어서 갖고 싶은 걸 다 가졌는데 엄마 아빠가 세상에 없다면 어떨 것 같아?"

"응? 안 되는데 그건? 그럼 안 행복한데?"

"그러니까, 돈이 많다고 무조건 행복한 건 아니야. 사랑하는 사람들이랑 함께하는 시간이 많은 것만으로도 충분히 행복할 수 있어. 물론 먹고 싶은 것도 먹고, 사고 싶은 것도 적당히 살 수 있을 만큼은 돈도 있으면 좋고.”

아이와 돈, 물건, 가난을 이야기하기는 쉽지 않습니다. 가난을 경험했던 저로서는 ‘가난해도 된다’고 쉽게 말할 수 없어서 더 그런 것 같아요. 물론 “가난하면 불행해. 그러니까 돈을 많이 벌어야 돼!”라고 강요하는 엄마도 되고 싶지 않아요. 아이가 물질과 정신, 돈과 행복 사이의 저울에서 중심을 잘 잡을 줄 아는 어른이 된다면 얼마나 좋을까요? 그전에 먼저 저부터 중심을 ‘딱!’ 바로잡아야겠다는 생각이 드네요. 중심!

희생당하는
동물들의 삶은
정당하지 않아요

공광규
〈염소 브라자〉

저는 동물을 별로 좋아하지 않습니다. 더 솔직하게 말하면 동물을 무서워해요. 어릴 때 동네에 개들이 많았어요. 지금처럼 반려견 문화가 발달하지 않았을 때라 목줄은커녕 골목에 그냥 풀어놓고 키우는 경우가 다반사였지요. 좁은 골목에서 개에게 몇 번 쫓긴 이후로는 트라우마가 생겼는지 개 짖는 소리에도 놀랄 만큼 두려움을 느낍니다. 그 감각의 확장인지 다른 동물들에게도 별다른 애정이 생기지 않아요.

아이들은 달라요. '나도 아주 어렸을 때는 저랬을까?' 싶을 만큼 두 아이 모두 동물을 무척 좋아합니다. 동물이 주인공인 자연관찰 책을 닳도록 읽어달라고 하는 건 물론이고, 주말마다 동물원과 수족관에 가자고 졸라요. 덕분에 한동안은 동물원과 수족관을 번갈아서 가며 주말을 보냈습니다.

　동물원에서 만난 동물들을 바라보는 저와 아이의 시선은 참 달랐습니다. 유리벽 안에 갇힌 동물들은 사람이 오면 먹이를 준다는 것을 알고는 당근 한 조각 들어갈 만한 작은 구멍 앞에 옹기종기 모여 있었어요. 아이들은 귀엽다며 당근을 하나씩 쏙쏙 넣어주었지만 저는 당근을 따라 이리저리 움직이는 동물들의 모습을 기이하게 느꼈습니다. 맹수라는 정체성을 잃고 내내 잠만 자는 사자와 호랑이를 보며 아이들은 "에이, 또 잔다!"라며 불평했지만 저는 영혼이 다 빠져나가고 육체만 남은 듯한 맹수에게 연민이 들었어요. 훈련을 받은 돌고래가 쇼를 하는 것을 보면서 아이들은 환호했지만 저는 눈을 질끈 감아버렸어요. 아이들의 사진 속에 배경처럼 머물러 있는 동물들의 모습이 언젠가부터 부당하게 느껴졌습니다.

　　북쪽에서는 염소가
　　브라자를 하고 있다고 한다
　　나는 웃으려다가 이내 입을 다물었다

　　사람이 먹어야 하니까

젖을 염소 새끼가 모두 먹을까 봐

헝겊으로 싸맨다는 것이다

나는 한참이나 심각해졌다가

그만 서글퍼졌다

내가 남긴 밥과 반찬이 부끄러웠다

_ 공광규, 〈염소 브라자〉

〈염소 브라자〉에 등장하는 동물은 염소입니다. 관상
용은 아니지만 사람을 위해 삶을 희생한다는 점에서 동물
원에 갇힌 동물과 별로 다르지 않습니다. '염소 브라자'라
는 제목은 다소 해학적이지만 내용은 아주 무겁습니다.
사람들을 위해 젖을 짜는 운명으로 태어난 염소는 정작
제 새끼에게는 젖 한 번 마음껏 줄 수 없어요. 화자는 그
이야기에 심각했다가 서글퍼졌고, 이내 부끄러움을 느낍
니다. '브라자'는 새끼가 어미젖을 찾는 본능마저 막아버
린 인간의 이기심이 단적으로 드러난 소재예요.

인간의 먹거리와 볼거리를 위해서 동물들의 삶은 함
부로 해도 되는지 의문이 든 이후로 삶이 여러모로 불편

해졌습니다. 채식주의자는 결코 될 자신이 없지만 생각 없이 먹던 고기 앞에서 한 번쯤 망설이게 됩니다. 한창 자라는 아이들의 식단에는 고기를 줄이지 못하고 있지만 적어도 어른들의 식사에서는 조금 덜 먹도록 노력하고 있어요. 아이들과 매주 찾던 동물원에는 이런저런 핑계를 대며 가는 횟수를 줄였습니다. 아이들 입장에서 식사야 별반 달라지지 않았으니 느끼는 바가 없겠지만 매주 다니던 동물원에 가지 않으니 불만이 꽤 컸어요.

"엄마, 왜 우리 요즘 동물원 안 가?"

"응, 사실 엄마는 동물원에 가는 게 불편해."

"왜 불편해?"

"동물들이 갇혀 있는 게 너무 안쓰러워. 동물들도 막 뛰어다니고 싶을 거 아냐. 우리 가는 동물원에 호랑이랑 사자랑 맨날 잠만 자지? 독수리도 가만히 앉아 있고. 그게 진짜 동물의 모습은 아닌 것 같아. 너희들도 엄마가 집 밖에 못 나가게 하고 맨날 집 안에서만 놀게 하면 답답하지 않겠어?"

"싫어! 그래도 동물원 가고 싶어!"

이해를 구하기에는 아이들이 아직 너무 어렸어요. 아이들과 그림책 한 권을 함께 읽었습니다. 이수지의《동물원》이라는 그림책입니다. 《동물원》은 색감 대비를 통해 동물들에게 진정으로 필요한 공간은 어떤 곳인지 생각하게 합니다. 이 그림책은 독특하게 회색조의 그림과 화려한 색감의 그림이 번갈아 등장해요. 회색조의 그림에는 우리가 일반적으로 알고 있는 동물원의 모습이 등장한다면, 화려한 색감의 그림에는 동물들이 드넓은 초원에서 자유롭게 노는 모습으로 등장합니다.

주인공인 여자아이는 회색조의 동물원에서 유일하게 색감이 있는 동물(공작새)을 발견해내는 인물입니다. 아이는 공작을 따라가고 넓고 아름다운 초원에서 여러 동물과 마음껏 어울려 놀아요. 아이를 잃어버린 줄 알았던 엄마와 아빠는 회색조의 동물원을 뛰어다니다 벤치에서 잠든 아이를 발견하고 동물원을 빠져나와요. 이 책은 회색빛 우리 속으로 들어가기 싫어하는 고릴라를 억지로 밀어 넣는 원숭이의 모습으로 끝이 납니다. 이 마지막 그림은 철창 안에 갇힌 고릴라의 모습이 그려진 뒤표지와 이어져요.

아이들과 《동물원》을 읽으면서 동물들에게 필요한 공간은 어떤 곳일지 상상해보았습니다.

"동물들은 어디에 사는 게 좋을까?"

"초원? 밀림? 산속?"

"그래, 동물마다 편안한 곳이 따로 있겠지?"

"근데 엄마, 사자는 동물원에 살면 힘들게 사냥도 안 해도 되고, 토끼는 호랑이한테 안 잡혀 먹을 수 있고 더 좋은 거 아니야?"

예상치 못했던 질문을 받았습니다. 아이들 눈에는 동물원이 초식동물의 안전을 지키고, 육식동물의 불편을 덜어주는 곳으로 보였나 봅니다. 충분히 그럴 수 있지요. 주는 먹이를 먹으며 잘 가꾸어진 곳에서 사는 게 편하고 좋아 보일 수 있으니까요. (물론 그렇지 않은 동물원은 열외로 하고요.)

"음, 네 입장에서는 그렇게 생각할 수 있겠다. 그런데 동물들에게도 살아가는 방법이 있어. 초식동물은 육식동물을 피하는 게 두렵고 힘들겠지만 그 힘든 것 또한 초식동물이 감당해야 하는 부분이야. 육식동물도 마찬가지고. 사람이 마음대로 동물들의 삶을 결정하고 동물원에 가두어서는 안 된다고 생각해."

"근데 동물도 생각을 해?"

"생각도 하고 표현도 하지. 사람과 다를 뿐 동물도 불편하고 아프고, 다 느낄 수 있어."

"히잉, 그래도 동물들이 다 산이나 초원으로 가버리면 우리는 동물원에서 동물들 만날 수가 없는데……"

"그럼 이왕 동물원에 가더라도 동물들을 안전하게 잘 보호하는 동물원에 가자. 엄마가 더 찾아볼게!"

아이들과 동물들의 삶을 함께 아파할 날이 올까요? 그 날이 오기까지는 아이를 위한다는 명분으로, 몇 번이고 비참한 동물들의 삶을 마주해야 할지도 모르겠습니다. 그 때마다 인간을 위해서 희생하는 삶이 동물들에게는 정당하지 않다고 말해주는 것, 어쩌면 제가 할 수 있는 일은 겨우 그 정도일지도 모르겠네요. '겨우 그 정도'라도 아무것도 하지 않는 것보다는 낫다고 위안하며 아이들의 성장을 기다려봅니다.

아이와
죽음을
이야기한다는 것

복효근
〈버팀목에 대하여〉

"엄마, 이 사람이 엄마 할아버지 맞지?"

"보자, 그렇네. 할아버지 맞아. 엄마 할아버지."

"사진 보니까 또 보고 싶어?"

"언제나 보고 싶지."

아이가 사진첩을 보다가 한 사람을 가리키며 물었습니다. 제 외할아버지였어요. 아이는 그 사진을 볼 때마다 매번 묻습니다. 아버지가 안 계셨던 제게 할아버지는 보통의 할아버지와는 다른 분이셨어요. 일곱 살이 되던 해부터 스물여덟 살까지 할아버지와 한집에 살았습니다. 할아버지 할머니가 저와 엄마, 동생을 거두어주셨거든요. 그렇게 오랜 세월, 아버지의 자리를 오롯이 대신해주신 분이었어요.

둘째 아이가 태어나기 한 달 전 할아버지가 돌아가셨

습니다. 만삭의 몸에 조산의 위험이 있어 장례식에도 가보지 못했어요. 눈물로 할아버지를 보내드렸던 날이 아직도 선명합니다. 당시에 첫째 아이는 갓 세 살이 되었으니, 사실 아이에게 증조할아버지는 기억에 없는 존재입니다. 그런데도 자꾸 물어요. 아마도 제가 할아버지 이야기를 종종 하기 때문이겠지요. 하늘에 뜬 별을 보다가도 묻고, 친정에 들를 때면 옷장 위에 놓인 할아버지의 영정사진을 보면서도 묻고, 집으로 돌아오는 기차 안에서도 묻습니다. 죽음에 관한 그림책을 볼 때도 묻고, 아무런 맥락 없이 묻기도 해요.

"엄마, 엄마 할아버지는 하늘나라에 가서 다시는 못 만나지? 엄마도 할아버지 보고 싶어?"

"응, 정말 많이 보고 싶어. 그래도 괜찮아. 엄마 마음속에 할아버지의 사랑이 다 담겨 있거든. 엄마는 다 기억하거든."

태풍에 쓰러진 나무를 고쳐 심고
각목으로 버팀목을 세웠습니다
산 나무가 죽은 나무에 기대어 섰습니다

그렇듯 얼마간 죽음에 빚진 채 삶은
싹이 트고 다시
잔뿌리를 내립니다

꽃을 피우고 꽃잎 몇 개
뿌려주기도 하지만
버팀목은 이윽고 삭아 없어지고

큰바람 불어와도 나무는 눕지 않습니다
이제는
사라진 것이 나무를 버티고 있기 때문입니다

내가 허위허위 길 가다가
만져보면 죽은 아버지가 버팀목으로 만져지고
사라진 이웃들도 만져집니다

언젠가 누군가의 버팀목이 되기 위하여
나는 싹 틔우고 꽃피우며
살아가는지도 모릅니다

_ 복효근, 〈버팀목에 대하여〉

〈버팀목에 대하여〉는 나무를 소재로 삶과 죽음을 말하는 시입니다. 산 나무를 버티게 하는 것은 생명 그 자체가 아니라 죽은 나무입니다. 이미 생명을 다한 나무는 산 나무를 곧게 세우고 자라 오르게 합니다. 산 나무가 죽음에 빚진 채 싹 트고 뿌리를 내리며 꽃도 피우는 동안, 죽은 나무는 조금씩 삭아갑니다. 산 나무가 화려해질수록 죽은 나무는 초라해지고 끝내는 사라집니다. 더는 버팀목이 필요하지 않을 만큼 깊이 뿌리를 내린 나무는 이제 큰 바람을 맞아도 쓰러지지 않아요.

사람의 생도 마찬가지입니다. 우리의 생은 언제나 일정 부분 누군가의 죽음에 빚지고 있습니다. 그 죽음은 나를 바로 세우고 나아가게 합니다. 가까운 이의 죽음뿐만이 아닙니다. 수많은 이들의 죽음 위에 우리는 생을 피워요. 훗날 우리의 죽음도 누군가의 생에 닿아 있을 겁니다. 누군가의 생을 피우는 버팀목이 되겠지요.

저는 이 시를 여러 번 읽었습니다. 마음속으로도 읽고, 소리 내서도 읽고, 베껴 쓰기도 했어요. 하늘로 가신 할아버지를 떠올리다 슬픔이 들이칠 때마다 이 시를 생각했어요. 슬픔의 자리에 안도가 차오를 때까지요. '할아버지의 모습은 삭아졌지만 여전히 버팀목으로 내 곁에 남아 계신다’는 안도의 마음이.

아이들에게 죽음은 ‘다시는 만날 수 없는 곳으로 떠나는 것’이자 ‘남은 자들에게 그리움을 불러일으키는 것’입니다. 한 번도 누군가의 죽음을 경험한 적이 없기에 아주 막연한 감정일 거예요. 아이들과 종종 죽음에 관한 이야기를 나눕니다. 시작은 대체로 할아버지가 보고 싶다는 제 말이거나, 엄마는 할아버지가 보고 싶냐는 아이들의 물음이지만 대화를 나누다 보면 여러 죽음을 말하게 됩니다.

“엄마, 전에 우리 어린이집에 살던 토끼 까미 기억나지? 까미도 죽었지?”

“그랬지, 까미도 죽었지.”

“그럼 까미랑 엄마 할아버지랑 만났겠네?”

“우와, 그럴 수 있겠다! 까미랑 할아버지랑 우리 사랑이 봄이 잘 크고 있나 같이 보고 있을지도 몰라.”

“근데 증조할아버지는 왜 하늘나라에 갔어?”

“몸이 많이 아프셨거든.”

“아프면 다 죽어?”

“아니, 그런 건 아니야. 아파도 치료받으면 건강해질

수도 있어. 증조할아버지는 연세가 많으셔서 치료를 받아도 나을 수가 없으셨어.”

“그럼 할아버지처럼 나이가 많으면 다 죽어?”

“그것도 아니야. 나이가 많든 적든 상관없어. 죽음은 누구에게나 찾아올 수 있어.”

“엄마랑 아빠도 죽어? 우리도?”

“언젠가는? 그러니까 지금 우리는 열심히 사랑해야 해. 서로 많이 안아주고, 사랑한다고 말해주고.”

“왜?”

“죽으면 만날 수가 없으니까. 지금 충분히 사랑한다고 말하고, 안아주고, 뽀뽀해주면 혹시 나중에 헤어지더라도 그 마음을 기억할 수 있어. 기억하면 슬퍼도 견딜 힘이 생기거든.”

“못 만나면 너무 슬플 것 같아.”

“슬프지. 엄마도 슬퍼. 그 슬픔을 견디는 힘은 사랑에서 나오는 거야. 지금 많이 사랑하자. 우리 같이 있을 때.”

아이가 죽음을 물을 때 피하지 않고 대화하는 이유는 분명합니다. 변수가 없다면 아이보다 제가 먼저 죽음을 맞이할 확률이 높기 때문입니다. 제가 떠난 자리에서도 아이는 생을 이어갈 테고 그게 언제든 저의 부재를 생각하면 아이의 마음에는 슬픔과 그리움이 차오르겠지요. 지금 제가 할아버지를 떠올리며 그러는 것처럼요. 그때 아이의 마음이 슬픔에 그치지 않기를 소망합니다. 충분히 사랑받았던 기억과 감각으로 몸은 곁에 없지만 마음만은 항상 곁에 있다고 믿을 수 있기를. 그 믿음을 버팀목 삼아 충분히 단단하고 아름다운 나무로 살아가기를.

제 5 부

엄마의 마음을 돌보는 시

부모 수업

누구에게나
저마다의 때가
있어요

나희덕
〈귀뚜라미〉

　　　　　　　　　　　　　　⚲

　　며칠 전 첫째 아이의 유치원 선생님과 통화를 했어요.
아이의 유치원 생활 전반에 대한 상담 전화였습니다. 선
생님은 아이가 잘하는 활동을 먼저 말해주셨어요. 축구를
비롯한 체육 활동에 흥미가 높고 아주 잘한다고요. 언어
발달도 또래보다 빨라서 말도 잘한다고 하셨어요. 아이를
칭찬하는 말이 왜 저를 향한 칭찬으로 들리는지 괜히 어
깨가 으쓱했어요. 선생님은 조심스럽게 다음 말을 이어가
셨습니다.

　　"어머님, 사랑이가 다른 건 다 잘하는데요. 그림 그리
기 활동에 어려움이 좀 있어요. 관심도 크게 없고요. 아직
은 글자를 잘 모르는 유아 단계이다 보니 그림을 통한 표
현 활동이 많은데, 그럴 때 사랑이가 어찌할 바를 모르고
가만히 있을 때가 많아요. 제가 도와줄 때도 있지만 제가

바쁠 때는 멍하게 앉아서 '나는 못 해요'라고 말할 때도 있어서 마음이 좀 쓰이네요."

선생님은 그 뒤로도 '다른 아이들은 어설퍼도 가족을 그려보자고 하면 얼굴도 그리고 눈, 코, 입도 그리는데 사랑이는 아예 감을 못 잡는 것 같다. 잘할 필요는 전혀 없지만 너무 감을 못 잡고 있으니 활동 자체에 흥미가 떨어지는 것 같아서 걱정이다'라는 내용의 말을 이어가셨어요. 선생님이 말하시기 전에도 충분히 알고 있던 사실이었습니다. 엄마인데 모를 리가 있나요. 첫째는 아주 어렸을 때부터 손에 색연필을 쥐고 놀기보다 발로 공을 차며 놀기를 즐기던 아이였습니다. '그림 그리기를 별로 안 좋아하니 그냥 안 하면 되지' 했던 것이 이렇게 돌아오나 싶어 괜한 자책을 하게 되더라고요.

'잘할 필요는 없지만 그로 인해 유치원 활동에 흥미를 잃어버린 것 같아서 걱정'이라는 말보다 '다른 아이들은 어설퍼도 하는데 사랑이는 전혀 감을 못 잡는다'는 말이 더 강렬했어요. 제 안의 불안을 자극했거든요. 친구들이 쓱쓱 그림을 그려나가는 동안 혼자 멍하게 자리에 앉아 있을 아이의 모습이 떠올랐습니다. 친구들의 모습을 흘긋거리며 선생님의 도움만 기다리는 아이의 모습이요.

높은 가지를 흔드는 매미 소리에 묻혀
내 울음 아직은 노래 아니다.

차가운 바닥 위에 토하는 울음,
풀잎 없고 이슬 한 방울 내리지 않는
지하도 콘크리트벽 좁은 틈에서
숨 막힐 듯, 그러나 나 여기 살아 있다
귀뚜르르 뚜르르 보내는 타전 소리가
누구의 마음 하나 울릴 수 있을까.

지금은 매미 떼가 하늘을 찌르는 시절
그 소리 걷히고 맑은 가을이
어린 풀숲 위에 내려와 뒤척이기도 하고
계단을 타고 이 땅 밑까지 내려오는 날
발길에 눌려 우는 내 울음도
누군가의 가슴에 실려가는 노래일 수 있을까.

_ 나희덕, 〈귀뚜라미〉

〈귀뚜라미〉의 귀뚜라미는 때를 기다리는 중입니다.
"매미 소리에 묻혀" 들리지 않는 자신의 소리가 언젠가는 누군가의 마음에 가닿기를 바라고 있어요. 아직은 때가 아니지만 '나 여기 살아 있다'고 외치며 자기 울음이 누군가의 가슴에 노래가 될 수 있기를 소망합니다. 매미 소리는 여름이 한중간에 들어섰음을 알리는 소리입니다. 길을 걷는 동안에는 옆의 사람과 대화조차 힘들 만큼 한여름 매미는 처절하게 존재감을 발산해요. 그러나 아침저녁 바람결이 달라질 때쯤이면 언제 그랬냐는 듯이 매미 소리는 자취를 감춥니다. 그러면 기다렸다는 듯이 귀뚜라미의 울음소리가 들려오지요.

아이를 키우다 보면 뜻하지 않아도 종종 때에 집착합니다. 이때쯤이면 뒤집기를 한다는데, 말을 시작한다는데, 걷는다는데, 계단을 혼자 오르고 내린다는데……. 그러다 아이가 학령기에 접어들면 집착은 더욱 심해집니다. 지금쯤이면 한글을 뗀다던데, 겹받침을 막힘없이 쓴다는데, 영어를 읽는다는데, 구구단을 외운다던데……. 아이의 때를 바라보는 시선은 상대적인 기준에 가려져 조급해지고 불안해집니다.

매미에게 여름이, 귀뚜라미에게 가을이 때이듯 사람에게도 각자의 때가 있는 게 아닐까요? 어떤 일을 해내기에 적절한 시기는 모두 다를 수 있으니까요. 긴 인생을 놓고 보면 누군가는 10대 때 하는 일을 누군가는 40대에 하기도 하고 영영 하지 않기도 합니다.

학교에서 만나는 학생들은 저마다의 개성이 있고 저마다의 상황이 있어요. 아직 제 안의 노래를 발견조차 못한 학생이 있는가 하면, 이미 저만의 목소리로 노래하는 학생도 있고, 더 좋은 때를 기다리며 목소리를 가다듬는데 열중하는 학생도 있습니다. 같은 교육과정, 같은 교사의 지도를 받아도 꿈을 찾아 뚜벅뚜벅 나아가는 학생이 있는가 하면, 학교에 겨우 다니는 학생도 많습니다. 하지만 거기서 끝은 아니에요. 졸업 후에 학생들과 연락을 이어가 보면 뒤늦게 기분 좋은 소식을 전하는 학생들도 많습니다. 학교 다닐 때는 내내 잠만 자던 아이가 제 꿈을 찾아 뒤늦게 대학을 갔다는 소식을 전하기도 하고, 군대에 다녀와서 마음을 잡고 이른 취업을 했다는 소식을 전하기도 합니다. 그때마다 '정말 다 때가 있나 보다!'라는 생각이 절로 듭니다.

선생님의 전화를 받았던 날 저녁, 아이와 이야기를 나눴습니다. 아이는 그림 그리는 게 어렵다고 했어요. 엄마와 함께 그려볼까, 제안도 했지만 아이는 그러고 싶지 않다고 했습니다. 언제든 엄마의 도움이 필요하면 말해달라고 하고 이야기를 마무리 지었습니다.

시간이 지나고, 그때의 기억이 잊힐 때쯤 아이가 유치원 가방에서 꼬깃꼬깃 접은 스케치북 한 장을 꺼내더니 제게 주었습니다.

"엄마, 선물! 엄마 좋아하는 노을이랑 바다, 이건 윤슬이야. 여기 엄마도 있어."

스케치북에는 아이의 어설픈 그림이 있었습니다. 감동이라는 단어로는 표현할 수 없는 감정이 밀려왔어요. 어떻게 그렸냐고, 선생님이 도와주셨냐고 물으니 아니라고 했어요. 친구들이 그림을 그리는 걸 유심히 살폈다고, 엄마를 그릴 때는 그림 잘 그리는 친구한테 조금 도와달라고 했다고요.

저는 아이가 흘긋거리고 있는 시간이 불안했지만 아이는 관찰하고 있었던 거예요. 자기가 잘 못하니까 잘하는 친구들을 보고 또 보면서 그림이라는 걸 어떻게 그려나가야 하는지 배우고 있었던 거죠. 선생님의 도움을 받으며 선생님의 손길을 관찰하고 친구들의 완성된 그림을 보며 색감을 관찰하면서요. 아이가 그림 그리기에 흥미를 가지는 때가 이제 오기 시작한 모양이었습니다.

　모두에게는 저마다의 때가 있습니다. 매미가 그러하고, 귀뚜라미가 그러하듯 누구에게나 자기만의 때가 있어요. 어떤 때가 이르다, 느리다 단정할 수는 없어요. 이렇게 말하면서도 "다른 아이들은 다 하는데"라는 말 앞에서는 속수무책일 때가 많아요. 불안과 조급함이 엄습할 때마다 귀뚜라미의 울음소리를 떠올려야겠습니다. 세상 모두가 지금이 바로 그때라 외치더라도 적어도 엄마인 저만큼은 아이의 때를 기다릴 줄 알아야지요. 아이가 자기만의 소리를 모으고 노래를 불러 누군가의 가슴을 울릴 때를 함께 기다려줄 겁니다. 아이가 먼저 불안해할 때면 너의 때는 아직 오지 않았다고, 금세 온 계절을 울리는 노래를 부를 거라고 말해주면서요.

너와 나의
물리적 거리는
멀어지더라도

칼릴 지브란
〈아이들에 대하여〉

임신했다는 말을 다른 말로 표현하면 무엇일까요? 가장 흔히 쓰는 표현은 '아이를 가졌다'입니다. 언젠가부터 그 말이 참 이상하게 들렸습니다. 두 아이를 출산한 후, 아이들이 결코 내 마음 같지 않다는 사실을 깨달은 즈음이었어요.

아이를 가졌다는 말에는 소유의 개념이 포함되어 있어요. '가지다'라는 단어에 '몸에 지니다'라는 뜻이 있으니 영 틀린 말은 아닙니다. 아이는 분명히 엄마의 몸 안에서 둥지를 틀고 자라나니 엄마 입장에서는 몸에 지닌 생명이 분명하지요. 그러나 아이가 태어난 순간 아이는 가질 수 없는 존재가 됩니다.

탯줄로 연결되어 있던 아이가 탄생으로 분리되던 날, 이미 아이와 저는 다른 존재가 되었어요. 열 달을 제가 먹고, 듣고, 만지던 것들을 함께 누리던 배 속의 아이는 세상에 태어나는 순간 저와는 전혀 다른 새로운 우주가 되었습니다. 스스로 먹고 걷고 달리기까지 전폭적인 도움이 필요했지만 저는 말 그대로 아이를 도울 뿐이었어요. 아이는 클수록 자기만의 세계를 단단히 구축해나가고 있고, 저와는 조금씩 더 분리되고 있습니다.

아이가 여섯 살이 되면서 아이의 일상에서 알 수 없는 일들이 생기기 시작했습니다. 어린이집에 다닐 때만 하더라도 아이와 함께하지 못한 시간에 있었던 일들을 선생님이 보내주는 알림장을 보고 알 수 있었어요. 하원 시간에 선생님과 나누는 잠깐의 대화로 오늘 아이가 무엇을 하고 놀았고 어떤 말을 했는지 직접 들을 수 있기도 했고요. 유치원생이 되자 전혀 다른 생활이 펼쳐졌습니다. 아이는 조금씩 자기만의 세계를 만들어나갔고, 아이가 말해주지 않는 이상 그 세계는 미지의 영역이 되었어요.

이 당연한 분리를 받아들이는 것이 마냥 쉽지는 않습니다. 내가 품어 키운 아이라는 이유로 가끔은 마치 내 것처럼 대하기도 해요. 아이가 내 마음 같지 않으면 화가 나고, 내 생각대로 자라지 않으면 불안을 느낍니다. 아이와의 거리를 인정하지 못하고 아이를 품에 끼고 싶어 안달

하기도 하고요.

（전략）
그대들의 아이라고 해서 그대들의 아이는 아닌 것.
아이들이란 스스로 갈망하는 삶의 딸이며 아들인 것.
그대들을 거쳐 왔을 뿐 그대들에게서 온 것은 아니다.
그러므로 비록 지금 그대들과 함께 있을지라도 아이들
이란 그대들 소유가 아닌 것을.

그대들은 아이들에게 사랑을 줄 순 있으나 그대들의
생각마저 줄 순 없다.
왜냐하면 아이들은 아이들 자신의 생각을 가졌으므로.
그대들은 아이들에게 육신의 집을 줄 순 있으나 영혼
의 집마저 줄 순 없다.
왜냐하면 아이들의 영혼은 내일의 집에 살고 있으므
로. 그대들은 결코 찾아갈 수 없는, 꿈속에서도 가볼
수 없는 내일의 집에.
그대들이 아이들같이 되려 애쓰되 아이들을 그대들같
이 만들려 애쓰진 말라.
왜냐하면 삶이란 결코 뒤로 되돌아가지 않으며, 어제

에 머물지도 않는 것이므로.

그대들은 활, 그대들의 아이들은 마치 살아 있는 화살
처럼 그대들로부터 앞으로 쏘아져 나아간다.

그리하여 사수이신 신은 무한의 길 위에 한 표적을 겨
누고 그분의 온 힘으로 그대들을 구부리는 것이다. 그
분의 화살이 더욱 빨리, 더욱 멀리 날아가도록.

그대들 사수이신 신의 손길로 구부러짐을 기뻐하라.

왜냐하면 그분은 날아가는 화살을 사랑하시는 만큼,
또한 흔들리지 않는 활도 사랑하시므로.

_ 칼릴 지브란, 〈아이들에 대하여〉

칼릴 지브란의 산문시 〈아이들에 대하여〉는 꼭 분리
를 두려워하는 제게 하는 쓴소리 같았어요. "그대들의 아
이라고 해서 그대들의 아이는 아닌 것"이라는 부분에서
부터 무릎에 힘이 탁 풀렸습니다. 알면서도 인정하고 싶
지 않던 사실을 너무나 분명하게 말하고 있었으니까요.
"그대들이 아이들같이 되려 애쓰되 아이들을 그대들같이
만들려 애쓰진 말라"는 또 어떤가요. 저는 주로 아이들을
제 가치관에 맞게 키우는 데 골몰했지 제가 아이들처럼
되고자 하는 노력에는 미흡한 엄마였어요. "그대들은 활,

그대들의 아이들은 마치 살아 있는 화살처럼 그대들로부터 앞으로 쏘아져 나아간다." "그대들 사수이신 신의 손길로 구부러짐을 기뻐하라." 특정한 종교를 믿지 않는 저는 이 두 구절을 운명, 삶의 흐름에 몸을 맡기라는 의미로 이해했어요. 운명처럼 찾아온 아이를 힘껏 당기는 활이 되라고, 아이가 팽팽해진 활시위를 떠나 자기만의 생을 마음껏 유영할 수 있도록 하라고요. 그 모든 과정을 기쁘게 받아들이고요.

생각해보면 아이가 자란다는 것은 아이와 나 사이의 거리를 넓혀가는 과정입니다. 탯줄을 자르던 순간부터 이미 우리 사이의 거리는 조금씩 벌어지기 시작했어요. 끌어안고 젖을 먹이고, 걷지 못하는 아이를 업고 안고 다니던 시절을 지나 아이가 두 발로 걷고 뛰면서부터 우리는 조금 더 멀어졌습니다. 아마 앞으로는 더욱더 그럴 테지요. 아이 혼자 학교에 가는 날도, 며칠쯤 집을 떠나 여행을 가는 날도 올 겁니다. 그러다 어느 순간 함께 지내던 공간을 떠나 자기만의 공간을 꾸리고 사는 날도 오겠지요. 그렇게 조금씩 물리적 거리를 넓혀가며 아이는 어른이 되어갈 것입니다.

네가 계단을 오르고 내릴 때
더 이상 나의 손은 필요치 않다
너무도 작아
곧 바스러질 것 같던 네 손을 잡고
한 칸
   두 칸
      세 칸
   두 칸
한 칸
내딛던 걸음의 기억
아스라이 머언
추억으로 사라질 날이 머지않았다

너의 생 앞에 놓일
끝없는 계단
숱하게 넘어지고 주저앉더라도
끝내는 너 혼자 오르고 내릴
너만의 계단

_ 허서진 자작시, 〈계단〉

언제나 제 손을 꼭 잡고 오르내리던 계단을 아이가 혼자 오르겠다고 선언한 날의 기록입니다. 아이는 짧은 다리로 계단을 성큼성큼 올라갔어요. 혹여 넘어질까 뒤를 따라 걸으면서 노심초사한 것은 제 마음일 뿐 아이는 휘청이면서도 다음 계단으로 발길을 옮기는 데 주저함이 없더라고요. 내심 서운하기도 했습니다. 아직은 저 작은 손을 더 잡아주고 싶은데, 아직은 좀 더 가까이 걷고 싶은데…….

루리의 《긴긴밤》은 코뿔소 노든과 어린 펭귄의 동행을 다룬 소설입니다. 노든은 사람들에 의해서 가족을 잃고 동물원에 잡혀 온 코뿔소입니다. 노든은 동물원을 탈출하는데 이때 펭귄 치쿠를 만나요. 가족과 친구를 잃고 사람에 대한 복수심으로 가득 찬 노든에게 치쿠는 희망이자 빛이 되어줍니다. 하지만 치쿠는 알을 남기고 죽고, 치쿠의 알은 노든에 의해 부화해요. 노든은 어린 펭귄을 바다까지 데려다주고 싶었지만 끝내 죽음을 맞이하고 말아요. 어린 펭귄은 혼자 바다를 찾아가는 것이 두려웠지만 결국 바다를 찾아냅니다. 어린 펭귄은 혼자지만 혼자가 아니에요. 긴긴밤을 함께한 노든이 있기 때문이죠. 아버지이자 어머니였던 노든이 하늘의 별이 되어 함께할 거라는 단단한 믿음이 있습니다. 소설에는 나오지 않지만 어린 펭귄은 분명히 바닷물로 힘차게 뛰어들어 멋지게 펭귄으로서의 삶을 살아갔을 겁니다.

　노든과 어린 펭귄의 동행, 그리고 이별을 바라보며 〈계단〉이라는 제 자작시의 마지막에 다음 한 연을 더 붙여 썼습니다. 아이가 생이라는 너른 바다에서 저만의 방식으로 힘차게 나아가다 문득 힘에 겨울 때, 우리가 꼭 붙어 있던 이 시간을 떠올리며 다시 나아갈 힘을 얻었으면 합니다. 언제나 지척에는 너를 사랑하는 엄마가 있다는 것도 잊지 않았으면 해요.

　　실은 혼자가 아니다
　　두어 칸쯤 위에서
　　두어 칸쯤 아래에서
　　아슬아슬 버티고 선 너를 향해
　　언제든 손 뻗을 준비된
　　내가 있다
　　너에게서 시선 거두지 않을
　　내가 있다

"너는
어떤 배경을
그려가고 싶니?"

문태준
〈누구에게라도 미리 묻지 않는다면〉

最근 들어 학군과 사교육을 고민하는 지인들이 많아졌어요. 저는 지방 대도시에서도 도심 외곽 지역에 살고 있는데요. 아이 친구들 중에 학군을 찾아 이사를 계획하는 아이 친구네들이 꽤 늘어나고 있습니다. 이 동네에 남더라도 어떤 학습지를 시킬지, 어떤 학원을 보낼지 고민하는 이웃들이 많아졌어요.

아이에게 최상의 교육 환경을 제공해주고 싶은 마음, 너무나 공감이 갑니다. 특히나 학교에서 근무를 하다 보니 학군이라는 게 영 무시할 수 없다는 생각도 자주 들어요. 학교의 분위기는 곧 학습 분위기로 이어지고, 학습 분위기는 곧 진로 설계와 직결되니까요. 어딜 가든 저 하기 나름이라는 말에 백 퍼센트 동의하던 때도 있었지만 요즘은 쉽게 동의하기 어렵다는 쪽으로 마음이 기웁니다. 그만큼 환경의 영향이 크다는 것을 실감하고 있어요.

　이제 곧 첫째가 학령기에 들어서는 제게도 학군은 큰 숙제입니다. 아이에게 좀 더 나은 환경을 제공해주기 위해 이사를 감행하고, 거기에서 발생하는 부채를 감당하는 게 과연 옳은지 고민해요. 아이의 삶에서 이 시기가 밑그림이 될지도 모른다고 생각하면 덜컥 두려워지기도 합니다.

> 나는 스케치북에 새를 그리고 있네
> 나는 긴 나뭇가지를 그려 넣어 새를 앉히고 싶네
> 수다스런 덤불을 스케치북 속으로 옮겨 심고 싶네
> 그러나 새는 훨씬 활동적이어서 높은 하늘을 더 사랑
> 할지 모르지
> 새의 의중을 물어보기로 했네
> 새의 답변을 기다려보기로 했네
> 나는 새의 언어로 새에게 자세히 물어
> 새의 뜻대로 배경을 만들어가기로 했네
> 새에게 미리 묻지 않는다면
> 새는 완성된 그림을 바꿔달라고
> 스케치북 속에서 첫울음을 울기 시작하겠지
>
> _ 문태준, 〈누구에게라도 미리 묻지 않는다면〉

〈누구에게라도 미리 묻지 않는다면〉의 화자는 스케치북에다 새를 그리고 있습니다. 화자 나름대로 새에게 그려주고 싶은 밑그림이 있지요. 긴 나뭇가지를 그려 넣고 싶기도 하고, 덤불을 그려 넣고 싶기도 합니다. 마음은 굴뚝 같지만 화자는 망설여요. 새가 하늘을 날고 싶어 할지도 모르니까요. 아무것도 그리지 않은 넓고 푸른 허공을 원할지도요. 화자는 이제 "새의 언어로 새에게 자세히 물어"보기로 합니다. 새의 뜻을 기다려 그 뜻대로 배경을 만들어가기로 해요.

스케치북 속의 '새'는 분명히 화자의 손끝에서 태어난 존재입니다. 화자가 그리지 않았다면 존재하지 못했을 새예요. 그럼에도 새의 배경은 화자의 몫이 아니라고 합니다. 이 시를 읽고서 저는 복잡하던 생각에 마침표를 찍었습니다.

아이에게는 아이가 원하는 삶이 있을 겁니다. 그 삶을 대신해서 그려주기보다는 아이의 의중을 묻는 쪽을 선택하기로 했어요. 엄마로서 여러 선택지를 제안할 수는 있지만 대신 선택해줄 수는 없다는 뜻을 분명히 하고요. 제가 이런 뜻을 이야기하면 어떤 분들은 아직 아이가 어려서 그렇다고 말씀하세요. 그럴지도 모릅니다. 분명히 지금의 제 아이는 어리고 학업이나 미래를 깊이 고민할 단계는 아니니까요.

그래도 어렸을 때부터 자기가 원하는 것을 선택해보고, 그런 뜻을 부모와 허심탄회하게 나눠본 아이들은 분명히 다를 거라고 믿어요. 저도 여느 엄마들과 다르지 않아서 아이가 선택하려는 길이 옳지 않다면 최선을 다해서 아이를 설득할 겁니다. 다만 아이가 선택하려는 길이 조금 험하고 힘든 길이라면 묵묵히 응원하고 싶어요.

헨리 데이빗 소로우는 월든 호숫가에서 자기만의 방식으로 자기만의 삶을 살아가며 일종의 실험을 합니다. 그는 《월든》에서 인생의 본질적인 사실들에 직면해보고 인생이 가르치는 바를 배우고자 월든을 찾았다고 고백하고 있어요. 이 책의 맺는말에는 이런 내용이 나옵니다.

나는 실험에 의하여 적어도 다음과 같은 것을 배웠다. 즉 사람이 자기 꿈의 방향으로 자신 있게 나아가며, 자기가 그리던 바의 생활을 하려고 노력한다면 그는 보통 때는 생각지도 못한 성공을 맞게 되리라는 것을 말이다. 그때 그는 과거를 뒤로하고 눈에 보이지 않는 경계선을 넘을 것이다.

    소로우의 실험은 꽤 성공적이었습니다. 최소한의 삶, 남을 좇지 않고 자기 내면에 집중하는 삶을 통해 그는 생각지 못한 성공을 맞이했다고 밝히고 있어요. 소로우의 문장을 읽으며 저를 먼저 돌아봤습니다. 저는 저의 꿈을 좇으며 살아오지는 못했습니다. 남들이 가는 길, 누구나 가야 한다는 길에 몰두했던 시간이 길었어요. 고백하자면 그것을 잘 해내기도 버거운 날들이었습니다.

    제 아이는 저와 좀 달랐으면 해요. 누가 정해준 길, 다들 가야 한다는 길을 아무 생각 없이 따라가지는 않았으면 좋겠습니다. 자기만의 배경을 그려가며 조금은 힘든 길이라도 자신의 의지로 나아갔으면 해요.

    아이가 자라고 사춘기를 맞이할 때쯤이면 또다시 갈대처럼 마음이 흔들리는 순간이 오겠지요. 그때도 〈누구에게라도 미리 묻지 않는다면〉과 '소로우의 말'을 부표처럼 부여잡고 세상의 파도에 휩쓸리지 않기 위해 노력해봐야지요. 아이의 삶이라는 스케치북 위에 예쁘고 안온한

◆ 헨리 데이빗 소로우, 《월든》, 강승영 옮김, 은행나무, 2021, 479쪽

배경을 가득 그려 넣고 싶을 때마다, 넓고 훤한 길로 아이의 등을 떠밀고 싶을 때마다요! 실로 큰 용기가 필요한 일일 겁니다. 아이의 삶에 붓질을 하고 싶어질 때면 우선 멈추고, 아이의 마음을 먼저 물어야겠습니다.

"너는 어떤 배경을 그려가고 싶니?"

"네가 나의
슬픔이라
기쁘다, 나는"

윌리엄 블레이크
〈아기 기쁨이〉

김애란의 소설《두근두근 내 인생》을 다시 읽었습니다. 생물학적 나이는 열일곱 살이지만 선천성 조로증을 앓으며 신체 나이는 이미 팔십을 넘긴 아름이. 10대 때 부모가 된 아름의 부모, 대수와 미라. 세 사람의 이야기를 따라가다 보면 사랑이란 무엇인지, 부모의 마음은 어떤 것인지, 가족은 어떤 모습이어야 하는지 새삼 깨닫습니다. 몇 번을 읽어도 마음이 따뜻해지는 좋은 소설이에요. 읽을 때마다 좋은 문장을 새롭게 발견하는데 이번에 발견한 문장은 이것이었습니다.

"사람이 누군가를 위해 슬퍼할 수 있다는 건,"
"네."
"흔치 않은 일이니까……"

"………"

"네가 나의 슬픔이라 기쁘다, 나는." [*]

죽음이 머지않은 아들(아름)에게 아빠(대수)는 "네가 나의 슬픔이라 기쁘다"라고 말합니다. 이 문장이 마음에 쿡 박힌 이유가 있어요. 그동안 저는 아이가 '나의 기쁨' 이기만을 바란 건 아니었던가 하는 생각 때문이었습니다.

아이가 제 뜻대로 따라주지 않던 때, 많이 보채고 떼를 쓰던 순간, 잠시도 저를 쉬게 해주지 않던 날, 부끄러운 고백이지만 왜 이렇게 힘들게 하냐며 아이를 원망했었어요. 찰나의 순간이었더라도 분명 그때, 아이가 버겁다고 생각했습니다. 그러다가도 아이가 방긋방긋 웃으며 예쁜 행동을 하거나 마법같이 꼭 제 마음처럼 움직일 때면 이 맛에 아이를 키운다는 말을 아무렇지도 않게 했어요.

'대수'의 말을 읽으며 밀려오는 부끄러움을 피할 수가 없었습니다. 상황은 다르지만 아이가 슬픔으로 느껴질 때 부정하고 싶었던 것 같아요. 아이를 키우고 사랑하는 일이 이토록 슬프고 외롭고 고단한 일인지 왜 아무도 말

[*] 김애란, 《두근두근 내 인생》, 창비, 2011, 50쪽

276

해주지 않았는지 대상 없는 원망도 쏟아냈으니까요.

'대수'의 말을 곱씹습니다. "네가 나의 슬픔이라 기쁘다"라는 역설적인 말 속에 담긴 진심을요. '너'라는 존재를 만났고, '너'는 온전히 나의 슬픔이 되었다는 것. 그것은 내가 너를 온전히 사랑하고 있다는 말의 다른 표현이 아닐까요. 곰곰이 생각해보면 기쁜 순간만 있는 사랑은 없습니다. 사랑의 순간에는 실망과 좌절, 아픔과 슬픔이 공존해요. 그게 진짜 사랑이겠지요.

"나에게는 이름이 없어요—
겨우 이틀 전에 태어났거든요."
내가 너를 뭐라고 부르지?
"난 행복해요,
기쁨이 나의 이름이에요."
달콤한 기쁨이 너를 찾아오기를!

예쁜 기쁨아!
겨우 이틀 전에 태어난 달콤한 기쁨아,
나도 너를 달콤한 기쁨이라고 부를게.
너는 미소하려무나,

그 사이에 나는 노래할게―

달콤한 기쁨이 너를 찾아오기를!

_ 윌리엄 블레이크, 〈아기 기쁨이〉

〈아기 기쁨이〉에는 아기가 태어난 직후의 기쁨이 선명하게 드러나 있어요. 아직 이름도 없는 아이, 그 아이는 오직 부모에게 '기쁨'이고 '행복'입니다. 물론 태어난 직후 아이의 외모는 다들 아시듯이 쭈글쭈글 울긋불긋하지요. 그럼에도 부모 눈에는 아름답게 보입니다. '내가 이 아이를 낳았다고? 정말 내가 엄마(아빠)가 되었다고?' 발이 땅에서 2센티미터쯤은 붕 뜬 기분이 들지요.

아이가 태어난 순간을 아직도 잊을 수가 없습니다. 첫째 아이는 24시간 진통 끝에, 둘째 아이는 예정일이 지나 유도분만 끝에 태어났는데요. 두 아이 모두 무통 주사의 효과를 보지 못해서 생으로 진통을 겪어야 했어요. 생살이 찢어지는 고통 끝에 분만장에 아이의 울음소리가 울리던 순간을 생생히 기억해요. 속싸개에 싸여 품에 안기던 아이의 감촉과 울음을 멈추고 애써 눈을 떠 저를 바라보던 눈빛도요. (아이의 눈에는 제가 보이지 않았겠지만 저와 아이는 분명히 눈 맞춤을 했어요!) 그 온전한 기쁨을 평생 잊을 수 있을까요. 단 한 번도 경험해보지 못한 환희와 감동을 동시에 불러오는 기쁨이었습니다.

저는 그때 엄마가 되었다고 생각했지만 돌이켜보면 아니었어요. 아이는 자라는 동안 온전한 기쁨에서 때론 슬픔이 되기도 하고, 벅찬 행복에서 때론 불안과 두려움이 되기도 했어요. 그 시간을 겪어가며 이제야 겨우 조금씩 엄마가 되어가는 게 아닌가 싶습니다. 기쁨으로만 가득 찬 생은 없듯이 기쁨만 주는 대상도 있을 수 없음을 몸소 깨달으며 비로소 진짜 엄마가 되어갑니다.

아이들이 어린이에서 소년 소녀가, 그러다 성인이 되어가는 과정에서 한 번도 경험하지 못한 슬픔과 아픔을 줄지도 모릅니다. 우리의 일상은 늘 꽃이 피는 봄날 같기를 바라지만 그건 비현실적인 소망임을 압니다. 이른 봄의 매서운 꽃샘바람과 한여름의 장마, 가을의 찬서리와 한겨울의 눈보라도 우리가 함께할 시간의 일부임을 받아들여야겠지요. 그럼에도 우리가 함께 있음에, 이 아이가 나에게 온전한 기쁨으로 와줬다는 기적에 감사하며 하루하루를 행복으로 맞이해야겠습니다.

"사랑아, 봄아. 너희가 엄마의 슬픔이라 기쁘다, 엄마는."

좋은 친구가 되어,
좋은 친구를
만나길

김사인
〈조용한 일〉

어떤 친구가 좋은 친구라고 생각하나요? 나이나 상황에 따라 좋은 친구의 조건은 다르겠지요. 곧 마흔을 앞둔 제게 좋은 친구란 '그저 곁에 있어주는 친구'입니다. 좀 더 어렸을 때는 제가 나쁜 길로 가지 않도록 붙들어주는 친구가 좋았던 때도 있었어요. 그런데 어쩐 일인지 나이를 먹어갈수록 제가 어떤 삶을 살더라도 그저 곁에서 묵묵히 응원하고 지지해주는 친구가 마냥 좋습니다. 그런 친구들의 응원과 지지는 어떤 충고나 조언의 말보다도 더 좋은 길로 저를 인도해줍니다.

이도 저도 마땅치 않은 저녁
철 이른 낙엽 하나 슬며시 곁에 내린다

그냥 있어볼 길밖에 없는 내 곁에
저도 말없이 그냥 있는다

고맙다
실은 이런 것이 고마운 일이다
_ 김사인, 〈조용한 일〉

　〈조용한 일〉은 제가 아주 좋아하는 시입니다. "이도
저도 마땅치 않은 저녁"이라니, 화자의 오늘 저녁은 그다
지 기쁜 날이 아닌가 봅니다. 무엇 하나도 마음에 꼭 들지
않는, 그렇게 하루가 모두 흘러간 저녁이에요. 아마도 시
무룩할, 어쩌면 조금은 슬퍼졌을 화자의 곁에 낙엽 하나
가 떨어집니다. 무엇도 마땅하지 않았고 아무것도 할 수
없었던 화자의 곁에 낙엽 하나가 머무릅니다. 화자는 생
물도 아닌 한 조각의 낙엽에서 위안을 받습니다. 어찌할
바 모르던 마음에 고마움이 움터요. 모르긴 몰라도 화자
는 다음 날 아침 조금 더 가뿐하게 자리에서 일어났을 겁
니다. 이런저런 일들을 마땅하게 해내기 위해 마음을 일
으켰을 거예요.
　낙엽과 화자의 관계에서 좋은 관계에 대한 답을 찾습

니다. 정말 그렇지 않나요. 좋은 관계에는 많은 말이 필요하지 않아요. 과한 액션도 필요 없고요. 그저 곁에 있어주는 것만으로도 힘이 되고 고마운 관계가 진짜가 아닐까요. 이 시를 읽을 때마다 떠오르는 친구들이 있는데요. 한 명만 있어도 참 잘 살아온 삶이라 생각할 만한데 몇이 있다니 그것만으로도 이 생에서 누릴 수 있는 복을 다 받은 게 아닌가 싶습니다.

　　내 아이가 좋은 친구를 사귀길 바라는 마음은 모든 부모의 마음이겠지요. 내 아이의 상황이 어떠하든 말없이 곁을 지켜줄 친구, 그런 친구가 몇만 있어도 걱정이 없을 것 같습니다. 학교에서 만나는 10대들의 가장 큰 고민은 학업과 교우 관계입니다. 학업이야 각자의 노력으로 해결할 수 있는 고민이지만 교우 관계는 그렇지 않아요. 나만 잘한다고 해서 되는 일도 아니고, 상대만 잘한다고 해서 되는 일도 아닙니다. '잘한다'의 기준도 너무 모호하고요.
　　체감하기에 과거에 유행처럼 번지던 왕따는 많이 줄어든 것으로 보입니다. 여기서 왕따는 대놓고 한 명을 따돌리는 일입니다. 하지만 실질적으로 교우 관계에 어려움을 겪는 아이들의 수는 (적어도 제가 느끼기에는) 기하급수적으로 늘어난 것 같아요. 따돌림이 주로 온라인 공간에서 벌어지기에 대놓고 앞에서 해코지를 하지는 않더라도 더 교묘하고 때로는 악랄하게 상대를 괴롭히는 일들이 많아진 듯해요. 10대들의 현실을 아주 가까이서 지켜보는 사람으로서 내 아이가 학교에 가서 좋은 친구들을 만났으면 좋겠다는 바람은 처절할 정도로 간절합니다.

브리타 테켄트럽의《블루와 옐로》는 좋은 친구에 대한 그림책입니다. 어떤 사연이 있었는지는 모르지만 블루는 나는 법을 잊었습니다. 큰 나무의 가장 아래 가지, 그늘진 자리에 가만히 앉아 있기만 합니다. 나는 법뿐만 아니라 소리 내는 법도 잊은 블루는 재잘거리지도 않습니다. 다른 새들은 블루의 존재를 잊은 듯해요. 같이 날아오를 생각도 없고, 블루의 목소리를 듣고 싶은 생각도 없습니다. 그럴수록 블루는 점점 더 어둠 속으로 침잠합니다. 어느 날, 숲에 밝은 빛을 뿌리는 옐로가 나타나요. 옐로는 블루가 숨어 있는 큰 나무의 꼭대기 가지에 자리를 잡습니다. 옐로는 블루에게 말을 걸지만 블루는 대답하지 않아요. 들리지 않았거든요. 옐로는 기다립니다. 부드럽게 지저귀며 조금씩 조금씩 블루 곁으로 다가가요. 드디어 옐로를 발견한 블루가 옐로의 밝은 빛에 익숙해질 때까지 옐로는 또 기다립니다. 블루의 가슴에 따스함이 차오르고 둘은 함께 하늘로 날아오릅니다.

블루에게 옐로는 더없이 좋은 친구입니다. 함부로 블루를 평가하거나 판단하지 않아요. 블루가 스스로 어둠을 뚫고 나올 때까지 오직 자신의 빛으로 블루 주변을 밝히며 기다려줍니다. 조용하게요.

살아가는 동안 누구나 한 번쯤은 블루처럼 깊이 침잠하는 순간을 경험합니다. 늘 좋기만 한 삶은 없으니까요. 정도의 차이야 있겠지만 누구나 내가 무엇을 하던 사람인지, 앞으로 어떤 삶을 살아야 할지, 생의 좌표와 방향을 잃고 표류할 수 있습니다. 그럴 때 옐로 같은 친구가 있다면 얼마나 고마울까요. 자신의 빛으로 나의 어둠을 밝혀주는 친구가 곁에 있다면 어떤 어둠도 뚫고 나갈 수 있을 것만 같습니다.

생각의 방향을 돌려봅니다. 과연 나는 누군가에게 옐로 같은 친구였던가 자문해봐요. 선뜻 답을 하기 어렵습니다. 아닌 것 같아서요. 부끄럽게도 누군가를 위해 그저 기다려주고 나의 빛을 나눠준 적이 떠오르지 않습니다.

그러면서 내 곁에는 그런 존재가 있었으면 좋겠다고 생각했다니 욕심이 과했네요. 아이의 친구 관계에 있어서도 비슷한 생각이었습니다. 내 아이에게 옐로 같은 친구가 여럿이었으면 좋겠다고 생각했어요. 내 아이가 어려운 순간을 겪는다면 옐로 같은 친구가 곁에 있어주었으면 좋겠다고, 낙엽처럼 아이의 시린 마음 곁에 내려앉아 주었으면 하고요.

　다시 생각합니다. 내가 먼저 누군가에게 옐로 같은 친구가 되어주겠다고 마음을 먹습니다. 누군가의 슬픔에 조심스럽게 빛을 드리울 수 있는 친구가, 충고를 가장한 내 생각을 늘어놓지 않고 그저 묵묵히 기다려줄 줄 아는 친구가요. 친구의 아픔을 어루만지는 품 넓고 마음 따뜻한 사람이 되고 싶다는 소망을 품어봅니다. 부모를 거울삼아 자란다는 아이가 저를 보고 자라나 꼭 옐로 같은 사람이 되는 날을 꿈꿉니다. 마땅치 않은 저녁을 보내고 있을 친구의 곁에 한 조각의 낙엽처럼 가만가만 머무를 수 있는 그런 사람으로 자라나기를 바랍니다.

부모이기
이전에
부부라는 사실

함민복
〈부부〉

8

　저와 남편은 1년 정도 연애하고 결혼을 했어요. 1년 연애를 했다고는 하지만 결혼 준비를 했던 기간이 있어서 실제 연애 기간만 생각하면 6개월 정도였어요. 결혼 준비를 했던 6개월은, 이제 와 돌이켜보면 다시는 못 하겠다고 생각될 만큼 힘들었어요. 짧은 연애 기간 탓도 있었겠지만 성격도, 생각도 너무 다른 두 사람이 같은 공간과 시간을 계획하는 것은 실로 어마어마한 일이더라고요.

　결혼만 하면 갈등이 사라질 줄 알았는데 전혀 아니었습니다. 오히려 갈등은 깊어졌어요. 시공간을 계획하는 것도 그렇게 힘들었는데 공유하는 게 쉬울 리 없었어요. 때마침 첫째 아이가 찾아왔기에 망정이지 아니었다면 우리가 얼마나 더 긴 시간 동안 서로를 괴롭히고 아프게 했을지 생각하고 싶지 않을 정도입니다.

엄마, 아빠가 된 후로는 부부 관계를 생각할 겨를이 없었어요. 처음 하는 부모 역할에 혼이 쏙 빠질 지경이었거든요. 잠도 부족하고 제대로 먹지도 못한 상태에서 몸과 마음이 동시에 엉망이 되는 경험을 했어요. 남편은 생각보다 잘해주었어요. 그때 남편을 좀 새롭게 봤어요.

2년 터울로 둘째를 낳고, 고양이 손이라도 빌려야 한다는 두 아이 육아가 시작되면서 저는 점점 남편에게 의지했습니다. 남편도 저밖에 의지할 사람이 없었겠지요. 그렇게 두 아이를 오롯이 우리 두 사람의 힘으로 키워냈어요. 그러는 사이 우리 부부 사이에는 남녀 간의 사랑이 사라지고 동지애, 아니 전우애만 남았습니다. 아이들 이야기가 아니면 할 이야기가 없었고, 아이들과 함께하는 일상이 아니면 공유할 일상이 없었어요.

"우리 이건 좀 아닌 것 같아. 결국 애들이 다 자기 삶을 찾아 떠나고 나면 남는 건 우리 둘뿐인데."

아이들이 좀 자랐음에도 여전히 모든 에너지를 엄마 역할에 쏟고 있던 제게, 어느 날 문득 남편이 불만을 표현했어요. 당황스러웠습니다. '엄마로, 아빠로 잘 살면 되지 무슨 이제 와서 부부야' 싶기도 했어요. 시간이 지나도 그 말이 잊히지 않고 계속 마음에 남을 줄은 몰랐지요.

긴 상이 있다

한 아름에 잡히지 않아 같이 들어야 한다

좁은 문이 나타나면

한 사람은 등을 앞으로 하고 걸어야 한다

뒤로 걷는 사람은 앞으로 걷는 사람을 읽으며

걸음을 옮겨야 한다

잠시 허리를 펴거나 굽힐 때

서로 높이를 조절해야 한다

다 온 것 같다고

먼저 탕 하고 상을 내려놓아서도 안 된다

걸음의 속도를 맞추어야 한다

한 발

또 한 발

_ 함민복, 〈부부〉

〈부부〉는 부부란 모름지기 어떠해야 한다는 것을 보여주는 시입니다. 복잡하게 설명하지도 않아요. 긴 상을 함께 드는 모습에서 부부의 모습을 발견합니다. 좁은 문을 만났을 때, 긴 상을 잘 들어 옮기려면 반드시 한 사람은 뒤로 걸어야 합니다. 이때 두 사람이 바라봐야 하는 것은 상이 아니라 서로예요. 앞으로 걷는 사람은 뒤로 걷는 사람이 어디에 걸려 상을 쏟거나 넘어지는 일이 없도록 계속해서 주의를 줘야 합니다. 뒤로 걷는 사람은 앞으로 걷는 사람이 잘 따라올 수 있도록 보폭을 조절해가며 걸어야 해요. 잠깐 허리를 굽히더라도, 상을 내려놓더라도 반드시 먼저 말을 해야 합니다. 긴 상을 제자리에 안전하게 놓는 순간까지요.

여기서 긴 상은 있는 그대로의 긴 상일 수도 있겠지요. 하지만 저에게는 긴 상이 '아이'로 읽혔어요. 아이를 키워나가는 일은 부부가 함께해야 하는 일입니다. 한 아름에는 다 품을 수 없어요. 아이를 키우다 보면 부부가 눈을 마주쳐야 할 일도, 마음을 맞춰야 할 일도, 보폭을 조절해야 할 일도 참 많습니다. 두 사람 중 한 사람만 잘한다고 해서 아이는 잘 자라지 않아요.

〈부부〉를 읽으며 그동안 저는 오직 긴 상을 쏟지 않는 데만, 즉 아이를 키우는 일에만 골몰하느라 함께 상을 들고 있는 남편은 생각하지 못했음을 깨달았어요. 남편이 대체로 저의 육아관에 따라주었기에 큰 문제는 없었습니다. 그 말은 달리하면 남편이 제 보폭을 맞춰주고 있었다는 뜻이겠지요. 엄마 역할에 골몰하는 동안에는 그 모습을 전혀 보지 못했어요. 때때로 저는 '이 무거운 상을 나 혼자 짊어지고 있는 것 같다'는 우울에 빠지기도 했고, '차라리 혼자 드는 게 낫겠다'며 남편의 역할을 철저히 부정하기도 했어요. 생각해보면 언제나 상의 반대편에는 남편의 손이 있었는데 말이죠.

부부 사이가 원만하고 안정되면 아이들도 따라서 잘 자란다는 말을 책에서도 보고 육아 전문가의 강연으로도 들었는데 어쩜 그렇게 귓등으로만 들었을까요. '부부 사이가 좋을 수가 없지. 할 얘기도 없는데 무슨!' 이런 생각을 핑계처럼 하면서 노력해볼 생각조차 하지 않았음을 뒤늦게야 알았습니다.

처음에는 안 하던 대화를 하려니 참 어렵더라고요. 역시나 애들 얘기가 제일 편하겠다 싶어서 아이들과 있었던 일들을 미주알고주알 이야기하기 시작했어요. 하다 보니 직장 생활 이야기도 하고, 친구들 이야기도 하게 됐습니다. 어느 날부터는 남편이 생각하는 미래, 제가 생각하는 미래에 대해서도 조금씩 진솔한 이야기를 할 수 있었어요. 조금씩 남편이 아이들의 아빠가 아닌 내 배우자, 나와 오래 함께할 동반자로 보이기 시작했습니다.

신기하게도 대화의 물꼬가 트이자 자연스럽게 집안일도 분배되었습니다. 각자의 시간도 조금씩 확보할 수 있었고, 함께하는 시간도 어색하지 않았습니다. 무의미하게 영화를 틀어놓거나 각자의 휴대전화를 보고 있지 않아도 몇 시간쯤은 이런저런 수다를 떨 수도 있었어요. 금상첨화로 아이들에게 화를 내는 횟수도 줄었습니다. 이런 변화가 하루아침에 일어나지는 않았습니다. 서로의 노력이 있었고, 마음이 있었어요. 먼저 그 마음을 열어 보여준 남편에게 이제 와 새삼 고마운 마음이 듭니다.

이렇게 쓰고 보니 대단히 다정한 부부 같지만 여전히 가끔은 치열하게 싸우고 며칠을 데면데면 보내기도 합니다. 성향도 생각도 달라 도대체 어떻게 풀어가야 할지 알 수 없는 묵은 문젯거리도 있어요. 그럼에도 한때 잿빛이라 생각했던 남편과의 미래는 이제 꽤 밝은 빛으로 바뀌었어요. 우리는 서로의 이야기를 들어줄 준비가 되어 있고 서로에게 깊이 의지한다고 믿으니까요.

혹 저처럼 엄마로 사는 동안 아내임을 잊으셨다면, 어쩌면 아빠로 사는 동안 남편임을 잊으셨다면 〈부부〉를 읽어보시기를 슬쩍 권해드립니다. 배우자와 함께 읽으면 효과는 두 배가 될 거예요.

아이를
사랑하는 만큼
스스로를 사랑해요

이정하
〈우린, 저마다의 별빛으로 빛난다〉

엄마가 되고 나서 제 사랑의 방향은 오직 아이만을 향했습니다. 아이도 저를 무한히 사랑해주었기에 충분히 행복하다고 생각했어요. 마음에 빈자리가 느껴진 것은 실로 당황스러웠습니다. '이렇게 사랑하고 사랑받는데 이 공허함은 어디에서 오는 걸까' 많이 고민했어요.

답은 의외로 간단했습니다. '누구도 나를 돌보지 않는다'는 것이었어요. '돌보다'는 '관심을 가지고 보살피다'라는 뜻을 지니고 있어요. 우리는 모두 사랑하는 사람과 돌봄의 관계에 놓여 있습니다. 독립된 가정을 꾸리기 전까지는 부모님의 돌봄이 있었습니다. 연애할 때는 연인의 돌봄이, 결혼해서는 남편의 돌봄이 있었어요. 친구들 사이의 우정도 결국은 서로의 마음을 돌보는 일이었습니다.

엄마가 된 후로 저는 열과 성을 다해 아이를 돌봤습니

다. 당연한 일이었어요. 하지만 아이는 저를 돌볼 수 있는 상대가 아니었습니다. 사랑은 주고받을 수 있었지만 돌봄은 언제나 일방적이었지요. 정돈되지 않은 외모, 흐트러진 마음을 들여다보다 내가 방치되어 있음을 알았습니다. '내가 이렇게 열심히 아이들을 돌보고 있으니 누군가는 나를 열심히 돌봐줘야 하는 거 아닌가?'라는 왜곡된 생각이 계속 저를 괴롭혔어요. 친구들도 사느라 바빠서 안부 전할 틈조차 없다는 것을 알면서도 괜한 서운함이 들었습니다. 남편 역시 초보 아빠의 역할을 해내느라 정신없이 사는 걸 보면서도 원망스러운 마음이 밀려왔어요. 도와줄 상황이 전혀 아니셨던 친정 엄마에게까지 섭섭함을 느꼈습니다.

이대로 나를 방치하고 싶지 않다는 생각이 간절했던 어느 날 정말 문득 '아무도 나를 돌봐주지 않으면 내가 나를 돌보자!'는 생각이 들었습니다. 어떻게 갑자기 그런 마음을 먹었는지는 모르겠어요. 그냥, 이렇게는 안 될 것 같다는 생각이 간절했어요. 그때 처음으로 제가 자존감이 높은 사람이 아니라는 것을 깨달았어요. 이전까지 저는 스스로가 굉장히 자존감이 높고 자신감이 넘치는 사람인 줄 알고 살았거든요. 내가 나를 돌봐야 한다는 것조차 몰랐던 사람이 자존감이 높다니요. 착각은 자유라지만 정말 엄청난 착각 속에 살았던 겁니다.

'나를 사랑하자. 내가 나를 돌보자.' 호기로운 다짐을 했지만 나를 돌보는 일은 아이를 돌보는 것보다 훨씬 어려웠어요. 아이는 눈앞에 보이는데 나는 보이지 않았거든요. 아이의 불편은 바로 알아차릴 수 있겠는데 나의 불편은 어디에서 오는지 알 수 없을 때가 많았습니다. 하루의 모든 일정이 아이의 일과에 맞추어져 있는데 그 사이에 나를 돌본다는 것은 불가능에 가까웠어요.

아이가 잠든 밤이면 글을 썼습니다. 책도 읽었어요. 애써 내 시간을 만들었습니다. 가족 모두가 잠든 밤이면 식탁을 나의 공간으로 삼았어요. '내가 좋아하고 잘하던 것은 무엇이었지?' '나는 어떤 삶을 원했지?' '나에게 소중한 가치는 어떤 거지?' 스스로에게 질문을 던지고 또 던졌어요. 쉽게 답을 내릴 수 있는 질문도 있었지만 아직 오리무중인 것도 있습니다. 하나 확실한 것은 스스로에 관해 묻고 답하면서 비로소 내가 나를 돌보는 느낌을 받았다는 것입니다.

엄마들 대부분이 스스로를 방치합니다. 방치라는 단

어는 너무 슬프지만 실제로 그래요. 자기 먹고 싶은 것 대신 아이들이 먹고 싶은 메뉴를 고르고, 자기 옷보다 아이들 옷에 더 관심이 많아요. 자기 일에는 무덤덤하면서 아이들의 일에는 환호하고, 자기에게는 엄하면서 아이들에게는 후하죠. 일부러 그러려고 한다면 그럴 수 있을까요. 엄마가 되는 순간 그냥 마법처럼 일어나는 일이에요.

아이가 어릴수록 아이에게 엄마라는 존재는 절대적입니다. 먹고 입고 놀고 씻고 자고, 매 순간 엄마의 손이 필요치 않을 때가 없어요. 아이를 위해 자신을 소진하다 보면 자연스럽게 '나'라는 존재는 잊힙니다. 그렇게 몇 년을 살다가 아이가 조금씩 엄마의 품을 떠나려 할 때 공허함이 밀려와요. 오직 아이를 위해 썼던 시간에 공백이 생겨도 그 자리에 '나'를 채워 넣을 생각은 잘 못 합니다. 그렇게 해보지 않았으니까요.

우리 세대의 부모들이 참 혼란스러운 시기에 아이를 낳아서 키우고 있다고 생각해요. 각종 육아 프로그램과 육아서를 통해 매력적인 육아법은 엄청나게 공유되는데, 정작 우리는 그런 육아를 경험한 세대가 아닙니다. 아이들에게는 '스스로를 사랑하는 힘, 자존감'이 필요하다고 하면서 엄마들의 자존감은 바닥을 치는 경우가 많아요. '자기 자신을 사랑해야 한다'고 가르치지만 정작 엄마들은 '자기 자신을 사랑하는 법'을 모르는 경우가 허다합니다.

저는 운이 좋았어요. 마음이 힘들었던 때에 나를 돌보고 사랑하는 일이 아이를 돌보고 사랑하는 일만큼이나 가치 있다고 생각한 것은 되돌아봐도 큰 행운이었습니다. 이 행운을 많은 분과 나누고 싶어요. 그런 의미에서 마지막 장에서는 엄마들에게 힘을 주는 시를 선물하고 싶습니다. 오래 고르고 고른 시는 이정하의 〈우린, 저마다의 별빛으로 빛난다〉입니다.

낡고 해진
별 하나
갖고 싶다

별 거 아닌 것처럼 내 삶을
툭하고 내려놓고 싶을 때가 있다

초라해도 별은

자기만의 빛을 낼 줄 안다

_ 이정하, 〈우린, 저마다의 별빛으로 빛난다〉

우리가 거창한 무언가를 바라는 것은 아니지 않나요? 나를 위한 시간, 나를 위한 작은 공간이면 충분합니다. 무거운 삶의 무게를 툭 내려놓고 스스로를 돌보고 사랑할 잠깐의 여유만이라도 있다면 좋겠습니다. 시의 마지막 연 "초라해도 별은/자기만의 빛의 낼 줄 안다"에서 큰 위로를 받습니다. 당장의 내 모습이 초라해 보여도 우리는 모두 저마다의 빛이 있어요. 단지 자기 눈에 보이지 않을 뿐, 밤하늘을 바라보는 누군가의 눈에는 반드시 보일 겁니다. 당신의 빛이 얼마나 밝고 환한지요.

아이를 사랑하는 마음으로 '나'를 아끼고 사랑했으면 좋겠습니다. 자기만의 빛을 잊지 않았으면 해요. 스스로를 사랑하는 엄마를 보고 자란 아이는 아마 특별히 가르치지 않더라도 자신을 사랑하는 어른으로 자라지 않을까요? 저는 그렇게 믿어보려고요!

시 출처

제1부

- 정지용, 〈유리창 1〉
- 복효근, 〈토란잎에 궁그는 물방울같이는〉, 《어느 대나무의 고백》, 문학의전당, 2006
- 김용택, 〈참 좋은 당신〉, 《참 좋은 당신》, 시와시학사, 2007
- 박상천, 〈통사론〉, 《5679는 나를 불안케 한다》, 문학아카데미, 1997
- 정끝별, 〈은는이가〉, 《은는이가》, 문학동네, 2014
- 피천득, 〈아가의 오는 길〉, 《피천득 시집》(개정 5판), 범우사, 2022
- 유치환, 〈깃발〉, 《청마시초》, 열린책들, 2023
- 김영랑, 〈돌담에 속삭이는 햇발〉

제2부

- 김선우, 〈눈물의 연금술〉, 《내 따스한 유령들》, 창비, 2021
- 백석, 〈수라修羅〉, 《정본 백석 시집》(개정판), 문학동네, 2020
- 괴테, 〈충고〉
- 안도현, 〈스며드는 것〉, 《간절하게 참 철없이》, 창비, 2008

- 유용선, 〈그렇게 물으시니〉, 《개한테 물린 적이 있다》, 책나무, 2010
- 김수영, 〈어느 날 고궁을 나오면서〉, 《김수영 전집 1》(개정판), 민음사, 2003
- 윤동주, 〈참회록〉

제3부

- 이상국, 〈달이 자꾸 따라와요〉, 《집은 아직 따뜻하다》, 창비, 1998
- 천양희, 〈참 좋은 말〉, 《나는 가끔 우두커니가 된다》, 창비, 2011
- 오은, 〈많이 들어도 좋은 말〉, 《마음의 일》, 창비교육, 2020
- 박성우, 〈삼학년〉, 《가뜬한 잠》, 창비, 2007
- 도종환, 〈깊은 물〉, 《흔들리며 피는 꽃》, 문학동네, 2012
- 정현종, 〈떨어져도 튀는 공처럼〉, 《나는 별아저씨》, 문학과지성사, 1978
- 황지우, 〈겨울-나무로부터 봄-나무에로〉, 《겨울-나무로부터 봄-나무에로》, 민음사, 1985

제4부

- 정희성, 〈민지의 꽃〉, 《시를 찾아서》, 창작과비평사, 2001
- 권정생, 〈밭 한 뙈기〉, 《어머니 사시는 그 나라에는》, 지식산업사, 2000
- 정호승, 〈시각장애인 식물원〉, 《내가 사랑하는 사람》, 비채, 2021
- 안상학, 〈푸른 물방울〉, 《남아 있는 날들은 모두가 내일》, 걷는사람, 2020

- 김영승, 〈반성 100〉,《반성》(개정판), 민음사, 2011
- 공광규, 〈염소 브라자〉,《담장을 허물다》, 창비, 2013
- 복효근, 〈버팀목에 대하여〉,《새에 대한 반성문》, 시와시학사, 2000

제5부

- 나희덕, 〈귀뚜라미〉,《그 말이 잎을 물들였다》, 창비, 1994
- 칼릴 지브란, 〈아이들에 대하여〉
- 문태준, 〈누구에게라도 미리 묻지 않는다면〉,《우리들의 마지막 얼굴》, 창비, 2015
- 윌리엄 블레이크, 〈아기 기쁨이〉
- 김사인, 〈조용한 일〉,《가만히 좋아하는》, 창비, 2006
- 함민복, 〈부부〉,《말랑말랑한 힘》, 문학세계사, 2005
- 이정하, 〈우린, 저마다의 별빛으로 빛난다〉,《괜찮아, 상처도 꽃잎이야》, 문이당, 2019

이 도서는 한국출판문화산업진흥원의 '2023년 중소출판사 출판콘텐츠 창작 지원'
으로 국민체육진흥기금을 지원받아 제작되었습니다.

이 책에 수록된 시는 한국문학예술저작권협회와 출판사를 통해, 그리고 시인에
하여 재수록 이용 허가 절차를 거쳤습니다. 혹시라도 놓친 부분이 있다면 확인되
허락과 함께 계약 절차를 밟도록 하겠습니다.

시의 언어로 지은 집

ⓒ 허서진

초판 1쇄 인쇄 2024년 1월 3일
초판 1쇄 발행 2024년 1월 10일

지은이 허서진
펴낸이 오혜영
교정교열 이가영
디자인 즐거운생활
마케팅 한정원

펴낸곳 그래도봄
출판등록 제2021-000137호
주소 (04051) 서울시 마포구 신촌로2길 19, 316호
전화 070-8691-0072 **팩스** 02-6442-0875
이메일 book@gbom.kr
홈페이지 www.gbom.kr
블로그 blog.naver.com/graedobom
인스타그램 @graedobom.pub

ISBN 979-11-92410-25-8 (03810)